外務省ハレンチ物語

佐藤優
Sato Masaru

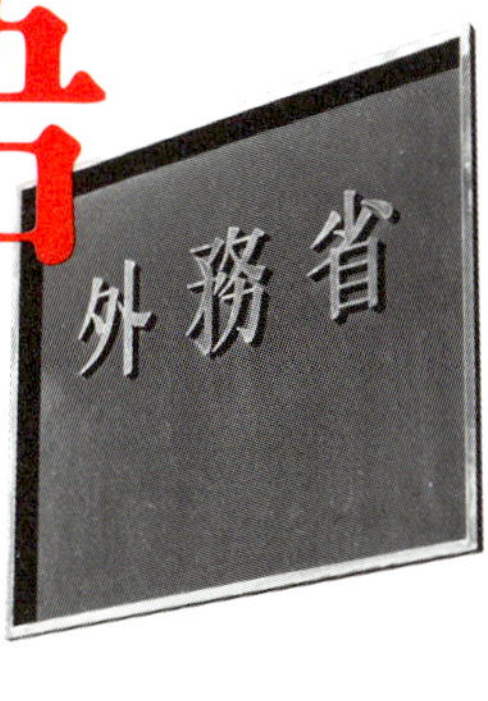

徳間書店

外務省ハレンチ物語

目次

装幀／重原　隆
撮影／松山勇樹

金田金造先生の夜のモスクワ大冒険

1

大使館や総領事館などの在外公館で勤務している日本の外交官は、3年に1回の参議院選挙を心待ちにしている。別に選挙に対して強い関心があるわけではない。参議院選挙が夏にあるからだ。参議院選挙はいつも7月に行われる。選挙がある年の夏休みは、衆議院議員を含め、余程のことがない限り、国会議員は外遊しない。

私が現役外交官としてモスクワに勤務していた時代、安心して夏休みをとることができるのは、夏に選挙がある年だけだった。それ以外は夏休みに「海外政治経済事情等調査」

という名目で国会議員がやってくるからだ。

6月から9月末にかけて、ロシア人は約2カ月間、ゆっくり休暇をとる。一度に全員が休むと国家機能が麻痺してしまうので、順番に休暇をとるのだ。だからこの時期にモスクワを訪れても、要人と会うことは難しい。

もっとも休暇を口実に別荘や保養地で密会を重ね、陰謀を練るというのもロシアの政治文化だ。1991年8月19日というまさに夏期休暇中に、ゴルバチョフを追い落とそうとしたソ連共産党守旧派のクーデター事件の準備も進められた。

日本の政治家で北方領土問題やロシア事情について真面目な関心をもっている国会議員が、夏休み中にモスクワを訪れることはまずない。前に述べたように、ロシアの政治家や高級官僚が休暇に入っているので、会えないからだ。

外務省には便宜供与《べんぎきょうよ》という業界用語がある。東京の外務本省から、「今度、国会議員がモスクワを訪れるので、空港送迎、宿舎留保、幹部会員による食事をしろ。それにかかるカネは別途、手当てする」という電報が来る。パリやローマの大使館には、観光目当てでやってくる国会議員をアテンドするために派遣員という特別のアルバイトを雇っている。

だいたい日本の大学生で、言葉ができる連中だ。汚れ仕事は、本職の外交官がやらずに、派遣員に押しつけるというのが日本外務省の文化だ。

さらに、現地職員の中に片言の日本語ができて観光案内を担当する若い娘を用意しておく。モスクワの場合は、パリ、ロンドン、ローマと比較すれば、国会議員の訪問者は少ないので、そこまでの受け入れ態勢はできていない。派遣員も何人かいるが、裏仕事を学生アルバイトにやらせ、あとで大きなトラブルが起きるとかえって面倒なので、汚い仕事はロシア語と現地事情に通じた私たち、ノンキャリアの外交官に回ってくる。もっとも、キャリアでも、あえて汚れ仕事を引き受ける者もいる。これは、職業意識が高く汚れ仕事をノンキャリアに押しつけるのがよくないと考えているからでなく、政治家と一緒にいかがわしい遊びを楽しみたいと思っているからだ。ロシア語のキャリアの場合、金髪依存症ではないかと思われるほどロシア娘が好きな奴がいる。もっともそういう奴は、かならず女絡みのトラブルに巻き込まれて、ロシアには赴任できないような状態になってしまう。この種のトラブルにはだいたい酒が絡んでいる。

現役外交官時代に、私は、国会議員の女性絡みや賭博のトラブルを何度も処理したことがあるが、いつも引き金はウオトカだった。ロシア語でウオトカ（водка）とは、水（ワダーвода）の愛称系だ。直訳すると「お水ちゃん」くらいの意味だが、これがときには恐怖の液体になる。ウオトカの度数は40度なので、43度のウイスキーやブランデー（コニャック）と比較すれば、むしろ少し低いくらいである。しかし、ウオトカには理性を吹き飛ばし、欲望を剝き出しにする魔力が備わっている。

さて、これから披露するのは、金田金造氏（仮名）という国会議員の物語だ。保守政治家であるが、与党か野党かはあえて言わないことにする。一般に与党議員が権力に溺れ、無理難題を吹っかけるという印象があるが、そうではない。私の経験では野党のほうにも規格外の人材は結構いるものだ。人間の品性と所属政党の間には、何の関係もないということを、私はモスクワ勤務で思い知った。

金田先生が相当の好き者であるということについては、関係者の間では有名だ。公電（外務省が公務で用いる電報）で、金田先生がモスクワを「政治経済事情等調査」のために訪れるので然《しか》るべく便宜供与をしろという指示が来た。ここでのポイントは「等」と

「然るべく」だ。「等」は、政治経済事情の他にも調査したいことが金田先生にあるということだ。夜のモスクワ社会事情の調査と、金髪をめぐる文化人類学上の参与観察ということなのだろう。「然るべく」というのは、どんなに嫌なことを言われ、無理難題を吹っかけられても金田先生の言うとおりにしろ、ということだ。

　金田先生のような筋悪《すじわる》の国会議員が訪問するときには、公電だけでなく、暗号装置付きの電話で別途連絡がある。このときも外務本省欧亜局（現欧州局）ロシア課の同僚が、

「オッサンにはみんな参っているんで、ここは佐藤書記官の手腕で、この機会にひとつきっちりと弱みを握っておいて欲しい」

　と連絡してきた。

　私は、

「俺は日本人を罠に落とすことはしないけれど、金田先生が自らドツボを踏むなら仕方がないね。助けてあげられない場合もあるかもしれない」

　と答えた。

　金田金造代議士は、還暦少し前、身長は１６３センチ、体重は87キロ、ウエストは１メ

ートルを少し出るか出ないかくらいの典型的なメタボリック症候群体型だ。

モスクワに来るのは2回目であるが、前回は性格が悪い爺さん代議士と一緒に来たのでひどい目に遭った。「赤の広場」の東側に国会議員宿舎を兼ねた「ロシア・ホテル」(現在は閉鎖)という巨大な建物がある。ここの1階に「レストラン東京」というステーキハウスがある。日本から来たシェフを置いている超高級店だ。昼間はクレムリン(大統領府)の幹部職員のみならず中堅職員が、1カ月の給料が飛んでしまうような高価なステーキランチを食べている。支払いはマフィア系の新興企業家につけ回している。それだから、クレムリンの「社員食堂(スタローワヤ)」と呼ばれていた。

日本大使館もよく使う店だ。もっともこの店にも、他の高級レストラン同様に盗聴器が仕掛けられて、記録が作られることがある。

そういえば、角崎利夫政務担当公使(後のカザフスタン大使)がロシア政府の美人高官と意見交換している様子の記録を私は見たことがある。「レストラン東京」の個室で会話しているときの様子が正確に記録されていた。もっともこれは、秘密警察が角崎氏を特にマークしていたということではないらしい。この美人高官のほうをマークしていたようだ。

この美人の後ろ盾になっている有力政治家は嫉妬深いので、男と密会していないか、秘密警察に頼んで調べさせたようだ。どうも角崎氏は、2人で会っているときに盗聴されていることに気付いていないようなので、私がひとこと「あの女と2人で個室で会うときは気をつけたほうがいいですよ」と言っておいた。

この「レストラン東京」で、金田先生が厳しい状況に追い込まれたのを私は目撃している。

さて、一般論として政治家は肉食獣だ。ステーキが嫌いな政治家はほとんどいない。そこで、大使館ナンバー・ツーの公使が、爺さん代議士と金田先生の夕食会を「東京」で行った。ロシア人を基準に作るのでサーロインステーキが600グラムも出てくる。爺さん代議士は、3分の2くらいを食べた後、どうも満腹になったようで箸の動きが遅くなった。ステーキを口に入れてもぞもぞ噛んでから、皿に出した。

「金田君、俺は歳であまり食えない。もったいない。君が食え」

品性は極めて悪いが、自分が偉いと思っている政治家がときどき使う手であるが、官僚の前で、自分がいかに有力政治家であるかを誇示するために無理難題を当選回数の少ない代議士にふっかけるのである。

「口から出した残飯を食え」などと言うのは相当の無理筋の話だが、金田先生は、爺さんとはいえ閣僚経験者なので機嫌を損ねてはいけないと思い、皿から噛みかけの肉を箸ではさんで、

「大臣、とてもおいしいです」

と言って食べた。この爺さん代議士は、現在は閣僚ではない。しかし、永田町（政界）、霞が関（官界）の掟《おきて》では、相手が過去についたいちばん高い位で呼ぶ。従って、内閣総理大臣経験者には「総理」、閣僚経験者には「大臣」、特命全権大使経験者には「大使」と呼びかける。こう呼びかけないと、「こいつは礼儀と常識をわきまえない奴だ」というマイナス評価がなされる。

爺さん代議士は、

「君、これを食ったか。相当なもんだ」

と金田先生を褒めた。もちろん爺さん代議士は、金田先生のことを半分バカにしているのだ。

このときも金田先生は、「メトロポール・ホテル」に泊まった。このホテルは、「赤の広場」をはさんで「ロシア・ホテル」のちょうど反対側にある。5つ星のモスクワの最高級ホテルだ。帝政ロシア時代から営業していて、毛沢東も泊まったことがある由緒あるホテルだ。

ホテルの1階にバーがある。そこには、女優やバレリーナのようなロシア娘がたむろしている。金田先生は、痩せているが、胸とお尻はきっちり出っ張っている一昔前の表現で言うトランジスタ・グラマーが好みだ。1回目のモスクワ訪問でも、金田先生は、ロシア娘を相手に日の丸をあげようと考えていたのであるが、爺さん代議士に「部屋に飲みに来ないか」と誘われ、ウイスキーをがぶ飲みさせられ、その上、爺さん代議士の自慢話を朝の3時まで聞かされた。ようやく部屋から解放されて、1階のバーに行ってみると、売れ残ったバスト1メートル20センチ、ウエスト1メートル、ヒップ1メートル40センチ、身長180センチのプロレスラーのようなロシア娘しかいなかった。確かに金髪だが、これでは押しつぶされてしまうと思い、諦めて部屋に帰った。

2回目のモスクワ出張は、1人旅だ。今度こそ、金髪娘を相手に本願を成就しようと考えていた。「メトロポール・ホテル」1階のバーはきれいなロシア娘が出没している。いたいた。金田先生の好みのタイプが。

われらが金田金造代議士が目をつけたトランジスタ・グラマーのロシア娘は、日本人の間で人気があるプロなので、このお姉ちゃんといいことをすると、金田先生は相当数のモスクワ在住日本人男性と穴兄弟となるのだが、もちろん先生はそのことを知らない。最近、このトランジスタ・グラマー嬢は、押し売り新聞（仮名）のモスクワ支局長と懇《ねんご》ろになっているので、金田先生の行状がマスコミに漏れる危険性がある。この危険性についても金田先生はもちろん知らない。

このバーはカスピ海の高級キャビアを山盛りに載せたオープン・サンドウィッチを出す。これをつまみにクレムリン御用達のクリスタル工場で造ったウオトカ〝スタリチナヤ〟を飲むと最高だ。〝スタリチナヤ〟とは、「首都のウオトカ」という意味だ。

金田先生がモスクワを訪れたのは、1991年12月のソ連崩壊からそれほど時間が経っていない、1990年代前半のことだ。まだ、市内に安心して酒を飲むことができるようなバーやクラブはなかった。ロシアの国会議員やクレムリン高官で「メトロポール・ホテル」のバーが好きな連中が多かったので、私は、国会議員や高官と食事をとったあと、彼らを連れて、よくこのバーを訪れた。

それ以外にも、裏情報を入手するために私はこのバーを活用していた。当時、モスクワにはお姉ちゃんが横についてお酌や話をしてくれる店はなかった。客待ちのロシア娘が手持ちぶさたにしていると、シャンパンかカクテルでも奢《おご》れば、話し相手になってくれた。特にチップをむしり取られるわけでもない。うまく誘導尋問をすると、娘の相手をした日本人に関する情報をとることができる。私も日本の国会議員や新聞記者の行状について、このバーで面白い生情報をいくつも仕入れた。倫理に時効はない。そのうちのいくつかの情報は、今でもとても役に立っている。

さて、このトランジスタ・グラマーはプレハーノフ経済大学、日本でいうと一橋大学に相当する名門大学の女子学生だ。学費を稼ぐのとセックスが好きなのでこのアルバイトをしている。この女子学生の名前を仮にナターシャとしておこう。ロシア人にしては小柄で身長は160センチ弱、金髪だ。もっともほんとうは、赤毛なのだが、商売で客を取るために金髪に染めている。

金田先生は、キャビアをつまみにショットグラスにウオトカを3杯ひっかけたので、少し酔いが回っている。そのせいか勇気が出てきて、ナターシャをじろじろ見つめる。ナターシャは金田先生にほほえみ返す。

「ロシアのその種のお姉ちゃんといいことをすると、あとで裸の写真を撮られ、脅されることがある」

という話を聞いたことがあるので、最初、部屋に連れ込むことは考えていなかった。

ナターシャがたどたどしい日本語で、

「そばに行っていいですか」

と尋ねる。

金田先生はニヤケた顔をして、

「どうぞ」

と答える。

ソファの隣りに坐ったナターシャの胸元を見ると、乳首が透けて見えるようなブラジャーをしている。日本では忙しすぎて、息子の調子も今ひとつよくなかったが、ナターシャの乳首が見えた瞬間に股ぐらから男の元気が回復してきた。勇気を出して金田先生はナターシャに尋ねた。

「ハウ・マッチ？」

「サンビャクドル、いいですか」

メトロポールでの日本人相手の価格は３００ドルが相場だ。ちなみにアメリカ人、ドイツ人、フィンランド人相手の価格はそれより少し安く、２５０ドルくらいという。

高いのはチェチェン人やグルジア人などのコーカサス系を相手にするときで１０００ドルくらいは取るという。ホテルを仕切っているマフィアとトラブルを起こす可能性があるので高いのだ。

金田先生には、業界を脅し上げ、搾り取った潤沢な政治資金がある。国際交流のために３００ドルくらい使うことは惜しくない。吉原や堀之内の政治家専用ソープならば10万円はかかる。このクラスの娘とお手合わせするのに3万５０００円は高くない。ただ、怖いのは、ロシアの秘密警察にセックス・スキャンダルを握られて政治家としての履歴に傷がつくことだ。

そこで金田先生は、ウオトカをショットグラスにもう一杯あおって考えることにした。ロシアには、

「ブスはいない。単に飲むウオトカの量が足りないだけだ」

という格言があるが、ウオトカを飲むとナターシャが数倍きれいに見えてくる。ナターシャのベージュ色の乳首の先が金田先生に語りかけてくるような気がする。金田先生は意を決して「300ドルならOK」と答え、秘密警察については忘れることにした。

ナターシャがロシア語で何か囁いている。

「ナベールフ・イリ・ダモイ（上の部屋でヤルか、それとも家に来るか）？」

ロシアでのこの種の遊びは家庭訪問が基本形だ。

「メトロポール・ホテル」にはこの種のお姉ちゃんたち専用のタクシーがある。もちろんマフィアが管轄している。普通のタクシーならば外国人価格でも5ドルでモスクワの端まで行くことができるが、マフィアのタクシーはお姉ちゃんの自宅送迎だけで20ドルもする。一晩にお姉ちゃんを乗せて3往復すれば60ドルになる。そこから地回りのマフィアに10ドル払うとしても、一晩で普通の運転手の1週間分の稼ぎが入る。

ちなみに、お姉ちゃんが警戒して自宅に客を寄せつけず、一般家庭のマンションの一室を月100～200ドルくらいで借りて、お客を連れ込むことも多い。この一般家庭ももちろん、マフィアに上納金を支払う。ナターシャも、お客を引き入れる部屋を借りている。

ホテルの部屋を使うほうが安上がりに見えるが、そうなるとこのビジネスにぶら下がっている運転手や部屋貸しをする人々の職業を奪ってしまう。そのためマフィアはホテルにたむろするロシア娘がお客の部屋を訪れると、1回100ドルをみかじめ料として取るということだ。

それならば、ホテルに連れ込むときの料金を上げればよいように思うが、そうはならない。マフィアは、ロシア娘がお客から取り立てる額を厳しく統制している。あまり値段が吊り上がるとお客が減るので、売春ビジネス自体がなくなってしまう。マフィアは中長期的展望をもって売春業を営んでいるのである。

またロシア娘がお客の財布からドル札を抜き取ったり、あるいは愛人と組んで美人局《つつもたせ》をすることも、マフィアにばれるとたいへんなことになる。身長1メートル90センチ、体重100キロを超えるスポーツ選手養成学校出身のマフィア4～5人に徹夜で輪姦され、その後、腕に入れ墨を入れられるというのが標準的なヤキだ。この業界で悪評はすぐに立つ。安全な遊び場を保障することもマフィアの重要な仕事だ。

2

金田先生は、ナターシャと一刻も早くヤリたいので、「ホテルの部屋に行こう」と言った。ナターシャは、「私はすぐあとで行くので、あなたは先に行って待っていてくれ」と言った。ホテルの守衛に客の部屋番号を告げる。そうすると、そこから地回りのマフィアに連絡が行く。何かトラブルがあった場合には、マフィアのお兄さんがすぐに出動できるようにスタンバイするのだ。ナターシャがホテルを出るときに、みかじめ料の100ドルを守衛に払う。守衛はそれをそのままマフィアに渡す。守衛には別途、マフィアから月極で「心付け」が渡される。

金田先生の部屋は4階だ。部屋に戻ってから5分もしないうちに、ドアがノックされた。開けるとナターシャがいる。金髪娘が部屋に入るなり、金田先生はナターシャのおっぱいを服の上から鷲づかみにしたが、ナターシャは抵抗しない。

服の上からおっぱいを鷲づかみにしてもナターシャが抵抗をしないのに気をよくした金田代議士は、おもむろにディープキスをしようとしたが、これは断られた。娼婦の唇を求めないというのは、ロシアでも標準的なルールである。

金田先生は、直接、おっぱいをモミモミしようとして、ナターシャの服に手を突っ込んだ。ナターシャは30秒くらい金田先生の劣情を満たしてくれたが、「夜は長いから、シャンパンを飲みましょう」と言って身を離した。

あとになって考えると、シャンパンで一杯やることをOKしてしまったのが大きな失敗だった。シャンパンをはじめとする発泡酒は、前に飲んだ酒のアルコールを呼び起こすからだ。

金田先生はＶＩＰ待遇なので、日本大使館が差し入れたシャンパン「ドンペリ」のボトルが部屋のボトルクーラーに入っている。天井の高さが3メートル以上ある19世紀仕様のホテルだ。部屋の家具は、あまり趣味のよくない金ぴかのロココ調だが、ロシア人はこのようなぴかぴかと光るものを好む。１泊１０００ドルのセミスイートルームを大使館割引で300ドルにしてもらっている。

応接室のソファーにナターシャと並んで坐った金田先生は景気よくシャンパンの栓を抜く。「ポン！」という威勢のいい音と共に黄金色の泡が噴き出した。部屋に備え付けてあるロシア・クリスタルのグラスにシャンパンを注いで、金田先生はナターシャと乾杯した。今度はナターシャが軽く唇にキスをしてくれた。

シャンパンを飲み干したあと、ナターシャはバスルームに入った。裸の金髪娘と一緒にシャワーを浴びたいと思い金田先生もバスルームに向かおうとしたが、思うように足が動かない。シャンパンが酔いを呼び起こしたからだ。頭がくらくらしてきた。

金田先生は、ホテル1階のバーで、ロシア娘を鑑賞しながら、ショットグラスでウオトカを数杯あおった。そのときの酔いが回りはじめたのだ。

バスルームに行くことを諦めた金田先生は、何とかベッドによじ上り、裸になった。しばらくして、バスローブに裸体をくるんだナターシャが金田先生に添い寝した。そして、コンドームをつけてくれと言う。この種の商売に従事しているロシア娘は、出産経験があるならば、子宮にリングを入れて避妊している。ナターシャは子供がいないのでピルを飲んで避妊しているが、性病を恐れて仕事のときは必ずコンドームをつけさせるようにしている。

ちなみにロシアでは、検診で梅毒や淋病に罹《かか》っていることが判明すると、強制入院させられ、その事実が職場や学校に通報される。誰を相手にセックスしたかを根掘り葉掘り聞かれ、相手の職場にも連絡が行き、法律に基づいて、強制検査がなされる。それで陽性ということになれば、もちろん強制入院だ。それだから、ロシアの娼婦は、性病予防に細心の注意を図る。

ナターシャは、指で金田先生の息子を可愛がり、硬度が増してきたところでロシア製のコンドームを息子に被せた。ロシア製のコンドームは指サックのように厚くて、感度がよくないという話が流布されているが、それは俗説だ。日本製コンドームほどではないが、ヨーロッパ製と遜色がない品質だ。

ただし、「大は小を兼ねる」という発想で作られているので、シロクマのような大男のゴーヤー（にがうり）サイズのイチモツでもきちんと収まるサイズになっている。現役外交官時代、私はロシア人の友人から、「日本製のコンドームを買ってきてくれ」とときどき頼まれた。日本製だとゴムが薄いから快感が増すということではない。それよりも長さが普通で分身がぴったり収まるので、男としてコンプレックスを感じなくて済むからだという。

金田先生の息子に被せられるロシア製コンドームには数センチのゴムの余りができた。「俺の銃身は、ロシア人と較べるとちょっと短いんじゃないか」と金田先生はちょっと心配になった。

ところで、私がモスクワやロシアの地方都市のサウナで研究したところでは、ロシア人と比較して、日本男子のイチモツが短いとか、細いということはない。ただし、睾丸《こうがん》の大きさが異なる。ロシア人の場合、個々のキンタマが、小ぶりの鶏卵くらいの大きさがある奴がいる。タマとサオの比率が日本人とロシア人では少し違うような感じだ。

金田代議士は、ロシア製コンドームに包んだ銃身で、正常位からナターシャを攻略しようとするが、ウオトカの酔いが回っているせいか、いざ挿入の瞬間になるとフニャフニャになってしまう。何回か挑戦するがうまくいかない。ナターシャが、フェラチオで金田先生の分身を元気にしてくれる。フェラチオの間は、十分な硬度を保っているのだが、いざ挿入しようとすると萎《な》えてしまうのだ。

そこで、ナターシャが騎上位になって、金田先生の銃身の付け根を指で刺激して、支援してくれた。口での刺激が心地よかったせいか、指では分身の硬度が十分にならない。

「ニ・スタイト（勃《た》たないの）?」

とナターシャがロシア語で言った。

金田先生は、ロシア語の意味はよくわからないが、何となくバカにされているような気がしてきた。

そこで金田先生は銃身からゴムを外し、ナターシャの腰をつかんで無理矢理に挿入しようとした。

ナターシャは、

「ニ・ナーダ（ダメよ）！」

と言って、金田先生から身を離そうとした。

その瞬間、金田先生にはナターシャが、薄笑いを浮かべたように見えた。ほんとうは、酔った勢いで乱暴なことをする金田先生には付き合いきれないと感じ、思わず顔をしかめたのである。

しかし、金田先生の受け止めは異なった。学生時代、「赤線」(売春公認地域)で筆おろしをしたときに、お姐さんに包茎を笑われたので、あわてて医者に行って手術をしてもらったのだが、チンコの皮をサオの真ん中で詰めたので、陰毛が竿の半ばまで生えるようになった。

挿入すると痛いので、お姐さんから、

「遊びに来るんだったらその毛チンコを何とかしてくれ」

と言われて2回目の包茎手術を受けたことがある。

ナターシャの薄笑いが赤線のお姐さんに包茎を笑われたときの情景と二重写しになり、そのときの屈辱が金田先生の頭の中でフラッシュバックした。

その瞬間に今日飲んだアルコールがすべて脳に集まってきた。

「この女!」

と叫んで、金田先生はナターシャにビンタをはたいた。

ナターシャは一瞬凍りついたが、その直後に、

「パジャール（火事だ）！」

と大声を出した。

ロシア人が本気で助けを求めるときは「火事だ！」と言う。「助けて！」と叫んでも、余計なことに関わりたくないと思う人は無関心を決め込む。しかし、火事ということになれば、炎が自分に向かってくるかもしれないので、誰もが本気で心配する。

「パジャール！」

「パジャール！」

とナターシャは叫び続けた。

金田先生は、静かにさせようとナターシャの口を押さえた。ナターシャは首を絞められると思って、必死になって抵抗し、裸のまま部屋から廊下に飛び出していった。

酔った勢いとはいえ、たいへんなことをしてしまったと思ったが、あとの祭りだ。酔いもすっかりさめてしまった。金田先生は毛布を被り、ベッドの中で死んだふりをしていた。30分くらいしたであろうか、扉をドンドンとノックする音が聞こえる。怖いので知らないふりをしていると、鍵の開く音がした。そして、部屋にホテルのフロント係とバスローブを着たナターシャが入ってきた。後ろには身長2メートル弱、胸囲が1メートル30センチくらいあるアメリカンフットボールの選手のような男が入ってきた。スポーツウエアを着た典型的なマフィアだ。

ロシア・マフィアは、地域系（ソンツェフ組）、民族系（チェチェン組、アゼルバイジャン組）、職能系（スポーツ組、アフガン従軍者組）に分かれる。金田代議士の前に現れたスポーツウエアを着た身長2メートル弱のアメリカンフットボールの選手のようなマフィアはスポーツ組に属する。

ロシアではソ連時代から、保育園で腕力の強い悪ガキを選別して、体育専門の特別学校（小中高一貫教育）に送る。ここでは普通の勉強はほとんど行わずに、徹底的に身体を鍛える。筋力増強剤も平気で使う。このようにして、数千人に1人がオリンピック選手になるのであるが、筋力増強剤や無理なトレーニングの結果、心身を崩壊させてしまう生徒も多い。

オリンピックやナショナルチームの選手になれない生徒は地方の公営スポーツセンターのコーチになるのだが、ソ連崩壊後、公営スポーツセンターがなくなってしまった。それでの人材が大量にマフィア組織に流れたのである。スポーツウエアは「スポーツ・マフィア」組員であることを示す象徴なのだ。子供の頃から格闘技の訓練を受けているので、腕力もめっぽう強い。

金田先生がビンタをはたいたナターシャがマフィアを連れてくるのならわかる。しかし、ホテルのフロント係まで一緒になって、しかも外から鍵を開けて入ってくるとは、どういうことか。ホテルもグルになっている。ロシアの場合、マフィアと提携していないホテルは一つもない。こういった常識をもちろん金田先生は知らない。

「たいへんなことに巻き込まれた。これが、秘密警察によるハニートラップ（魅力的な女性をおとりにした罠）なのか」

と金田先生は思った。

賢明な読者にはおわかりのことと思うが、これはハニートラップではない。いくら酔った上とはいえ、金田先生がナターシャにビンタをはたくという夜の世界の「重大なルール違反」をしたので、地回りのマフィアが警告を与えると共に慰謝料の請求にやってきたのである。

マフィアが低く太い声で何か言う。フロント係がそれを英語に訳すが、金田先生は意味がよくわからない。このとき金田先生の頭にひらめいたことがあった。

（俺が空港に着いたとき、ＶＩＰルームに出迎えた書記官で、現地事情に詳しそうな奴がいた。あいつならば何かいい智恵が出てくるだろう）

そこで気を取り直して、「モーメント（ちょっと待って）」と言って、服を着て電話のダイヤルを回した。

3

夜の11時過ぎに私の家の電話が鳴った。モスクワ市内からの通話だ。ロシアの場合、市内通話、ロシア国内の長距離通話、国際電話はそれぞれベルの鳴り方に特徴がある。

これくらいの時間に日本人特派員やロシア人の情報提供者から電話がかかってくることは珍しくない。何か政局絡みの情報提供かと思って受話器を取ると、

「衆議院議員の金田金造です。佐藤優君かね。たいへんな事件に巻き込まれた。すぐに助

けてくれ」

と言った。声がうわずっている。怯《おび》えているようだ。

「金田先生、いま、どちらから電話をされていますか」

「ホテルだ。俺の部屋からだ。たいへんなトラブルに巻き込まれた」

「いったいどうしたんですか。事情を話してください」

「俺が部屋に戻ると突然扉を叩く音がするので、関わりになりたくないと思って放っておいた。そうしたら、金髪女と男が2人入ってきて動かないんだ。君の力で何とかしてくれ」

変な話だ。部屋の扉を叩かれれば、普通、扉は開けないまでも「誰か」と聞くはずだ。金田代議士は何か隠していると私は思った。

私は、

「すぐそちらに向かいます。20分以内に着きます」

と言って受話器を置いた。

私は、愛車のロシア車ラーダ5型に乗って「メトロポール・ホテル」に向かった。ラーダ5型は、1970年代のイタリア車フィアットのコピーで、マッチ箱のような形をしている。ギアも4段しかないが、悪路に強く、それから冬はマイナス20度以下になっても一発でエンジンがかかる。また、日本車やドイツ車は、ハイオクガソリン仕様だが、ラーダ5型はオクタン価93のレギュラーガソリンで走る。以前、私は日本製のオートマチック車に乗っていたが、ロシアの悪路のために、ミッションが壊れ、油漏れがするようになった。モスクワの修理工場にもっていったが、外国に出さなくては修理不能ということだった。ヘルシンキの自動車工場と連絡を取ると修理に4000ドル、輸送費に1500ドルかかるという。ラーダ5型は新車でも3000ドルで購入することができるので、ロシア車に乗ることにした。

当時、外国車はモスクワで目立ったので、国会議員の先生方をカジノやナイトクラブなどのヤバイ場所に連れて行くときに目立たないロシア車は便利だった。

モスクワ川側からクレムリンを半周して、「メトロポール・ホテル」の玄関に着いた。知り合いの白タク運転手が私に近づいてきた。白タク運転手はマフィアの下支えをしているが、こちらがきちんと約束したカネさえ払えば悪さはしない。白タクの運転手は交通警官を買収するのがうまく、スピード違反を気にしないでよいので、急いでいるときには私もよく利用した。

「佐藤さん、ニッポンのバーリン（旦那さん）が何かしでかしたようでっせ。ホテルのフロントが地回りのスポーツ組のお兄さんを呼んでいました。面倒なことになりそうでっせ」

「何をしでかしたんだ。酔って、廊下で立ち小便でもしたのか」

「チンポを使ったことは間違いないが、立ち小便ではなく、オマンコのほうです。お姉ちゃんとトラブったようです」

「どれくらい深刻と思うか」

「中の上くらいでしょう」

「カネで解決する問題か。それとも警察沙汰になるか」

「わかりません」

トラブルの場に向かう前に事前情報を得ておくことはとても重要だ。私は「ありがとう」と言って白タク運転手に5ドル札を握らせた。

金田代議士の部屋の扉をノックすると、ホテルのフロント係が扉を開けた。私がロシア語で事情を尋ねるとフロント係は早口で、

「日本人のお客さんがお嬢さんを連れ込んだまではいつもの話なんですが、酔っぱらって女の子をひどく殴りました。規則では警察沙汰にしなくてはなりません」

と言った。

私が日本語に通訳すると、金田代議士は首を横に振り、

「俺が部屋にいたら、裸の女が入ってきたんだ。ロシア側の罠にかけられた」

と言い張る。金田先生の話を聞いて、私は少し腹を立てた。外交の世界でも、日常生活でも、マフィアの世界でも、露見するような嘘をもとに話を組み立ててはならない。

私は語調を強め、

「ここにいるナターシャは、日本人の商社員や新聞記者を相手にしている有名なお姉ちゃんですよ。金田先生、マフィア相手に嘘は通用しませんよ。正直にやりましょう。それとも警察沙汰にしますか」

と言った。金田先生は、

「ここにいる連中はマフィアなのか。ナターシャもマフィアの一味なのか。思わずナターシャに手を上げてしまったが、マフィアが問題にするだろうか」

と尋ねた。

「当たり前です。マフィア抜きの夜の世界などありえないでしょう。大問題です」

と私は答えた。

「とにかく、カネはいくらかかってもいい。君が巧《うま》くまとめ上げてくれ」

「お断りします。警察を呼んで、表の世界で問題を処理しましょう。他人を殴ったのだから、逮捕されるかもしれませんが、やむをえません。私の知り合いにロシア弁護士会の会長がいるので、よい弁護士を紹介します」

「そんなこと言わないでくれよ。佐藤書記官。頼むよ。このお礼はあとで何でもする」

金田先生が懇願する。少し可哀相になってきた。

私はそれには答えずに、マフィアに向かってロシア語で言った。

「世話をかけて済まない。どうだ友情の徴《しるし》で解決しないか」

「友情の徴」とは米ドルのことだ。「わかった」とマフィアが答えたので、私は「パッチヨム？」と聞いた。これはロシア語で値切ることを前提に値段を聞くときに使う言い回しだ。

　地回りをしている「スポーツ組」のマフィアには正義感の強い奴が多い。もし、ソ連が崩壊せず、従来のステートアマ養成コースがそのまま存続していれば、ここにいるマフィアの兄ちゃんもレスリングか重量挙げでオリンピックに出場していたかもしれない。英語にも堪能なので、「大学を出ているのか」と聞いたら、「モスクワ国立大学で、物理学を専攻した」という。同時にレスリングの選手でもあるが、大学卒業後、研究機関が機能しなくなったため、スポーツ関係者を通じて地回りの仕事を見つけたという。ナターシャもエリート大学の学生なので、この兄ちゃんは彼女の境遇に同情している。

　今回の件については、いくら酔っていたとはいえ、金田代議士がナターシャにビンタをはたいたことから起きた。ロシア人の家庭でも、夫婦喧嘩で激しい口論をすることはあるが、夫が妻に手を上げたら、まず離婚だ。スポーツ・マフィアの巨漢の瞳を見ると、怒りで燃えている。

　私が、「パッチョム？（いくらだ）」と言ってきたのに対し、マフィアは、「ピャーチ・

ティシャチ（５０００ドル）」と言う。だいぶ吹っかけてきやがった。金田先生にお灸をすえるためにはこれくらい払わせてもいいのだが、「日本人はマフィアに脅されればいくらでもカネを出す」ということになれば、今後、モスクワでこの種の事故に巻き込まれる日本人観光客の始末代の相場が上がってしまう。

ロシアでの値段交渉は中東のバザール（市場）で絨毯を買うときとだいたい同じと考えればよい。

私は、

「５００ドル」

と10分の１の値段を言った。

「お兄ちゃんよ。ふざけるんじゃない。そっちが女の子の顔を殴ったんだぜ。こちらは被害者側、あんたは加害者側なんだぜ」

「大きな兄ちゃんよ。俺はこのオッサン（金田先生）に何の義理もないぜ。あんたがこのオッサンをモスクワ川に沈めても俺は何とも思わないぜ。大使館の仕事で仕方なくやってるんだからな。表沙汰にしてサツを呼ぶか」

「上等だ。それで困るのはあんたのほうだぜ。オッサンは豚箱にぶち込まれるぜ。そうしたらあんたも困るんじゃないか」

「困るけど、仕方がないな。ところで兄ちゃんよ、俺の記憶が正しければ、ロシアの刑法で売春は禁止されていたよな。サツが来たらほんとうのことを全部言わないとならなくなるな。ナターシャも可哀相なことになるな。客を取っていることが表沙汰になるとナターシャも経済大学を退学になるな。まあ、俺には関係ないことだけどな」

「日本の兄ちゃんよ。えらく喧嘩腰だな。ここがどこかわかってるのか」

「だいたいわかっている。ビャチェスラフ・セルゲービッチ（仮名）とよく来るからな」

咄嗟《とっさ》にマフィアの顔色が変わった。

私は、この地区を取り仕切っているマフィアの親分の名前を出した。この親分はスポーツ観光国家委員会の高官でもあるので、私の交際は外交官として許されない「黒い交遊」ではない。ロシアでは官僚とマフィア幹部を兼職している者が結構いる。

「あなたはビャチェスラフ親分の知り合いですか」

「親しくしている。この世界でうかつに名前を出したら、あとでどういうことになるかもわかっている。調べてみればよい」

「滅相《めっそう》もございません。しかし、ナターシャにはいくらか払わないと」

「1500ドルでどうだ。あんたが500で、ナターシャが1000だ。ホテルのフロント係へのチップはナターシャが払う。これでどうだ」

マフィアは、

「ダガバリーリシ（合意した）」

と言った。

私は財布から1500ドルを出し、マフィアに渡した。マフィアが右手を差し出してきたので握手した。

マフィア、ナターシャ、フロント係は外に出て行った。

「金田先生、1500ドルで手を打ちました。これで大丈夫です」

「ありがとう。君、大使館にはこのことをどう報告するのか」

「ご心配なく。一切報告しません」

と私は答えた。

前に述べたように、外務省用語で国会議員のお世話をすることを便宜供与という。そして、便宜供与が終わるとA4判の1枚紙で「便宜供与報告書」という記録を作成する。この書類に、お世話した政治家が外務省に対する理解がある人物か、また現地での行動に問題があったかなどについて書く。

それは、毎月1回、鑞《ろう》で封印された「外交パウチ（袋）」という特別のバッグに入れられて、外交伝書使（クーリエ）と呼ばれる外交官が東京の外務本省まで運ぶ。

更に、今回の金田金造代議士のように現地の女性とトラブルを起こした場合には、「事務連絡」という特別の電報で外務本省に報告する。

新聞報道の報告や、情報収集など大使館の通常業務の場合には、前に述べた公電で報告を送るが、こうなると公文書として記録が残ってしまう。国会議員の破廉恥行状などを書いた記録が将来、表に出てくる可能性がある。強い政治力をもつ国会議員だと逆恨みされて報復がなされる危険性があるので外務官僚も知恵を働かす。

そこで、痕跡が残りにくい事務連絡という特別の電報で報告するのである。外務本省と出先の大使館や総領事館との間の事務的、技術的な連絡のために用いる電報という建前になっているが、秘密や極秘の暗号もかけることができる通信手段だ。

この事務連絡にヤバイ話のほとんどが書かれて送られる。

ある大使館員がモスクワで酩酊《めいてい》した上で車を運転し、ロシア人をはね、重傷を負わせたことがある。私は上司に言われ、この事故を揉み消したことがある。こちらが100パーセント悪いのであるが、この同僚を捕まえた警察官が同僚の財布からドルを盗んだので、「国際法に違反して、外交官に手錠をかけ、その上、カネを盗んだことが表に出たらたいへんなことになるな。俺は大統領府副長官をよく知っている。早速相談に行く」と言って私が凄んで、話を闇から闇に葬り去ったのだ。このときの外務本省への報告も事務連絡で行った。

情報公開法に基づけば事務連絡も立派な行政文書で、保管と原則として情報を公開する義務があるのだが、外務官僚はそれを守っていない。逆にジャーナリストの皆さんは、事務連絡に注目すれば、さまざまなスキャンダルを暴くことができる。

外務省は国会議員が外国でハメを外した場合の記録を集中的に管理する。そして、「金田先生、モスクワでは相当ハッスルされたようですね。大きな事故にならなくて何よりです」

と相手を心配するような素振りをしながら、国会議員に牽制をかけるのである。

この情報が集まるのが外務省大臣官房総務課で、総務課長にはこのような政治謀略が好きな人物が据えられる。

ロシア語を研修し、主にロシアとの外交交渉に従事する外務官僚を「ロシア・スクール」という。ロシア・スクール出身で官房総務課長をつとめた人物に上月豊久《こうづきとよひさ》氏（現ロシア大使館公使）がいる。要領がよく陰険な外務官僚を絵に描いたような人物だ。「要領の上月」と言われ、部下からは蛇蝎《だかつ》のように嫌われている。

かつて鈴木宗男衆議院議員が権力の絶頂にいたときに、上月氏は、

「鈴木大臣の尻も拭きます。キン袋も洗います」

というような感じで擦り寄ったが、「宗男バッシング」が始まると攻撃の先頭に立った。こういう体質の人間が官房総務課長にふさわしい。

私は、金田代議士のモスクワ武勇伝について報告書を書かなかった。その理由は、金田氏が外務省に一生脅されるような状況をつくりたくなかったからだ。

金田先生がウオトカを飲み過ぎて、ロシア人女子大生娼婦のナターシャを殴り、そこにマフィアが介入してきたので、私が間に入って１５００ドルで話をつけたのは事実である。上司には、「金田先生が酩酊して、娼婦とトラブルを起こしましたが、うまく処理しておきました」と口頭で報告するにとどめて、事務連絡電報で報告することはしなかった。

このようなスキャンダルが事務連絡で報告されると、外務省はそれを特別の極秘ファイルに保管し、将来、金田代議士が閣僚になったり、与党幹部になったときに、外務官僚の思惑どおりに使うための脅しのネタに使うことがわかっているからだ。

仮に私が、

「○○先生、モスクワのコスモス・ホテルではハッスルしましたね」

とか、

「レストラン・アルバートでは××先生がエンジョイしたような酒池肉林はもうありません。あのころは良かったですね」

などと冗談半分に話しかければ、震え上がる国会議員は何人もいると思う。

「倫理に時効はない」ということを外務省は最大限に使って国会議員を脅すのである。

金田先生は確かにちょっと品はないが、決して悪い人間ではない。外務省が掘った蟻地獄に陥れるのは可哀相だと思った。それだから事務連絡による報告をしなかった。

外務省は、政治家だけでなく、新聞記者も夜のスキャンダルを用いて陥れる。あるうるさ型の政治部記者が、モスクワの「メジュドナロードナヤ（国際）・ホテル」で部屋に単価の安い娼婦を連れ込み、財布から米ドルを盗まれる事件があった。クレジットカードと日本円は盗まれなかったので、ホテルの支払いや、滞在費について、特に問題は生じなかった。私の後輩がその案件を処理し、顚末を事務連絡電報で外務本省に報告した。

それから2カ月くらい経って、外務大臣が某国を訪問したときに、某外務省幹部がオフレコ懇談の席で酩酊したふりをして、

「みなさん、モスクワは物騒なようです。記者絡みで最近、深刻な事件があったようだから。お伝えします。ここだけの話ですよ」

と前置きして、その事務連絡を記者の実名をあげて読み上げた。

この記者が外務省にとって都合のよくない記事を書くので、外務省幹部はあえて情報を

リークしたのである。オフレコといってもこの種の話はメモになって新聞社の上層部に渡る。安い娼婦とトラブルを起こした記者は政治部から外され、もちろん出世の道を閉ざされた。

国会議員や新聞記者は絶対にモスクワで女遊びをしてはいけない。確かにロシアの秘密警察やマフィアも怖い。しかし、それよりもずっと怖いのは日本の外交官なのである。日本の外務官僚の罠に一度足をすくわれてしまうと政治家も新聞記者も奴隷にされて、正常な判断力をなくしてしまうのである。

海外の大使館や総領事館の大きな仕事は、日本から来た国会議員の弱点を握り、それをほのめかすことで、外務官僚が極力仕事がやりやすく、利権が維持できるような環境をつくることだ。残念ながら外務省のこの種の謀略は効果をあげているのだ。

首席事務官はヘンタイです

1

現役外交官時代に国会議員や高級官僚の不思議な生態を目の当たりにした。

そのうち政治家の生態については、前章で、金田金造代議士（仮名）に登場していただいた。金田先生は、ちょっとした助平心とウオトカの飲み過ぎで、ホテルの部屋にロシア娘を引き入れ、トラブルを起こしたためにロシア・マフィアが登場するような事件を起こしてしまった。

私は、金田代議士のモスクワ・マン遊を通じて、ロシアの裏社会の入り口を読者にお見せしたかったのである。

私の作品の愛読者から、「外務官僚の生態について、もっと詳しく、具体的に書いてほしい」という要請を何度も受けた。外務官僚の生態と言っても、何を書いたらよいか、迷ってしまう。思い出す順番に具体例を記してみよう。

+ラブホテル代を節約して外務省のプレハブ仮眠室にお姉ちゃんを連れ込んでアヘアへやっているキャリア職員。

+人事に不満があって、外務省5階トイレのロール式タオルに糞をなすりつける大使。

+酔っぱらって、エレベーターに立ち小便をするキャリア外交官。

+家庭不和のため、家に帰れずに外務省の執務室に住み込んでいる窓際族の初老の事務官。

＋飲むと幼児退行を起こし、新聞記者に連れられていった銀座のクラブでママさんに「おっぱい見せてほしいんデチュ」などと言って、店からつまみ出された首席事務官（外務省では、課長の次のポストを首席事務官という。他省庁の筆頭課長補佐にあたる。ちなみに私はこのときこいつに同行して、大恥をかかされた）。

私も外務省にいるころは、こういうことが他の省庁や企業でも一般的に行われているものと思っていた。02年の5月に鈴木宗男事件に連座してパクられて、1年半ほど小菅の拘置所で臭《くさ》い飯を食って翌03年10月に娑婆《しゃば》に出てきてから、他省庁や民間企業の人々と、現役外務官僚時代とは異なる本音ベースの話をした結果、次の2つのことがわかった。

民間企業と比較して、霞が関（中央官庁）官僚のヘンタイ度はかなり高い。その中でも外務官僚のヘンタイ度は相当高い。私はかなりレベルの高い人々の薫陶《くんとう》を受けて、官僚生活をしていたということに気づいた。

立場を変えて、作家として考えてみると、題材として外務官僚ほど面白いテーマはない。

そこでこれから、私が直接、見聞した出来事をもとに、読者に外務官僚という病について紹介することにしたい。物語にはヒーローが必要だ。国会の金田代議士に対応するハレンチ外務省のヒーローは、松岡国雄外務省欧州局ユーラシア課首席事務官だ。もちろん、松岡国雄は実在の人物ではない。ユーラシア課というのも架空の組織である。モデルになる外務官僚もいないことになっている。

外務省欧州局ロシア課で首席事務官をつとめた松田邦紀氏（現イスラエル大使館公使）や西田恒夫駐カナダ大使（元ロシア課長）の若いころをデフォルメして「物語」にしているわけではないので、御両人、外務省関係者並びに読者におかれては、くれぐれも誤解なきようお願いしたい。

それではまず、われらが松岡氏について、少し説明しておきたい。松岡氏は典型的な田舎の秀才だ。田舎の進学校から、東京大学文科Ⅰ類に進学したが、法学部ではなく、教養学部国際関係学科を卒業した。この学科は東京大学でも最難関で、ここから外務省に入る者も多い。

松岡氏は、学生結婚をした。相手は東大生だったが、すぐに別れた。その理由は、この物語を読んでいただければわかる。その直後、松岡氏は東大の同級生と再婚した。今でも松岡氏は酔うと「俺は東大卒の女しか抱いたことがない」というのが口癖だが、事実は異なる。

ある時期から、松岡氏は、職務権限を利用して、外務省に新たに入ってくる女性職員を「食べて」しまうようになった。また、酔った勢いで気に入らない部下を殴ったりする。さらに報償費（機密費）を女性に貢いだりと、外務省内で、松岡氏は、「殺人以外のすべての犯罪に手を染めた男」として有名だ。

それでは、松岡首席事務官の武勇伝の世界に読者を御案内したい。

外務省にも将来出世するポストと、ここに行ったら将来がないというような窓際ポストがある。松岡氏はロシア語を研修した業界用語でいうロシア・スクールの外交官だ。ロシアを担当するユーラシア課の首席事務官に就任するということは、将来の出世の入場券を得たようなものである。ロシア語もできず、尊大で、セクハラ傾向の強い松岡氏のような人物がなぜ出世ポストに就くか、新聞記者たちは首を傾げるが、理由は簡単だ。

首席事務官の人事は課長が決める。松岡氏の上司である東田哲雄ユーラシア課長（仮名）は、「飲む、打つ、買う」の三拍子揃った欲望の権化のような人物だ。東田氏と松岡氏はモスクワ時代、あやしげな女性が出没する「ナイト・フライト」に日常的に遊びに行く「悪仲間」であった。

モスクワの新聞記者たちは、「大使館で東田さんや松岡さんをつかまえるのは至難のわざですが、『ナイト・フライト』で待っていると、必ず出没するので、そのときに話を聞けばよい」と言っていた。

ユーラシア課長には外務省の報償費が潤沢についている。このカネは、情報提供者に渡したり、名前が記録に残るとまずい人物との会食のために用いる機動的な経費だ。従って、領収書を準備しなくてもいい。ユーラシア課は、ロシアとの北方領土交渉があるので、報償費を潤沢につけられている。東田課長は、「北方領土など還ってくるはずはない」と諦めている。それよりも潤沢な報償費を使って、ユーラシア課にいる間、「飲む、打つ、買う」の楽しい人生を送ろうと考えている。ここで生真面目な首席事務官が来ると悪事を監察官に報告されるかもしれない。松岡氏ならば、東田氏と同じくらいに腐敗しているので、自らの命取りになるようなチクリはしないと踏んで、このような首席事務官人事を行った。

5月、ユーラシア課に研修生が配置された。研修生とは、見習い外交官のことだ。外交官試験に合格し、キャリア職員（国家公務員I種試験合格者）は人事院の合同研修を受けて、6月末から本省に配置され、2年後の夏に外国の大学に留学する。

ノンキャリア職員（外務公務員採用専門職員試験合格者）は、相模大野の外務省研修所で1カ月の研修を受けたあとに、本省各課に配置され、実務研修を受け、翌年の夏に外国の大学に留学する。留学期間は、キャリア、ノンキャリアともに語学力に応じて2〜3年だ。この期間、給与と研修手当をもらいながら、勉強する。外務省は、1人の外交官を養成するのに1500万〜3000万円くらいかける。他の省庁や民間企業と較べても充実した環境だ。これだけのカネをかけて勉強しながら、研修が終わると1〜2年で外務省をオサラバする者もいる。それでもかかった経費の返納は求められない。また、研修で、学位をとることも求められていない。毎日、金髪のお姉ちゃんと遊び歩いていて、語学が上達するほうが、どうせ役に立たない博士号をもっているよりはマシだと外務省は考えているのだ。この判断は基本的に正しい。

もっとも、英語やドイツ語の場合、男言葉と女言葉がそれほどはっきり分かれていないので、枕授業でもそれなりにものになる。これが、ロシア語、チェコ語のように、男言葉と女言葉がはっきり分かれている言語の場合、枕授業はすぐにバレて、大恥をかくことになる。

私がモスクワ国立大学に留学したとき、同じ外国人用のロシア語コースに、驚くと女言葉になる某左翼政党から派遣された日本人がいた。異常な女好きで、しかもSM癖がある。モスクワ大学の寮で、金髪娘を縛ってセックスをするというので（ソ連時代に縛り系のSMプレイはとても珍しかった）、話題になっていた。この男は、普段は、「アメリカ帝国主義とそれに従属する日本の独占資本は……」などという話をしているが、驚いたり、興奮すると、「あらイヤだ。あたしそんなこと言わなかったわ」というような女言葉で話す。外交官の場合、このような癖がついたら、大×（バツ）だ。だから、イギリスやドイツに留学した外交官が、セックスを満喫しながら、枕授業で語学を身につけるのに対し、ロシア語研修生はストイックな生活を余儀なくされる。

ところで、専門職員で入省してくる職員の約半数は女性だ。一流大学を卒業した知的美人が多い。ただし、いわゆる学校秀才で、受験勉強に時間のほとんどを費やしてきたので、男と付き合ったことがないとか、セックスに関しては奥手といった連中がほとんどだ。もっとも、激しい競争試験に生き残ってきたので、例外なく気が強い。気が強く闘争心を剥き出しにしている連中はまだたちがいい。それよりも怖いのが、表面上は温和《おとな》しくしているが、それは闘争心を剥き出しにすると損をすると計算しているからで、本質的に陰険だ。この種の女性外交官とトラブると、あとでもの凄い復讐をされる。

わが松岡氏の趣味は、このような新入女性研修生を食べてしまうことである。また、そのやり方が、ポストを利用した典型的なパワハラ＋セクハラなのである。具体的手口は次のとおりだ。

初めて社会人になった研修生（新入外務省員）にとって、先輩外交官の誰もが頼もしく見える。

特に外務省の首席事務官は30代半ばで、他省庁でいう筆頭課長補佐、つまり課長に次ぐナンバー・ツーで、ノンキャリアの40代、50代の事務官に命令しているので、エライ人のように見える。実際はエライことなどまったくなく、ルーティンを処理することと課長に上手に（外務省用語では「如才《じょさい》なく」という）ゴマをすることが仕事なので、首席事務官の椅子に坐れば、余程のバカでない限り誰でもこなすことができる。しかし、そのような実状は、外務省文化に慣れていない研修生にはわからない。

松岡国雄首席事務官は、ロシア語を研修したロシア・スクールの外交官である。前に述べたように東京大学を卒業したので、学校秀才であることは間違いない。ただし、外交官試験に何回かすべって合格する過程で、勉強に対するエネルギーを消費しつくしてしまった。もともと語学の筋がよくないことに加え、モスクワでも大学にろくに通わず、いかがわしい飲み屋で知り合ったお姉ちゃんから、ベッドの上でロシア語の基礎を習った。枕授業のツケがついて回り、松岡氏が下手くそなロシア語で話すと、ロシア人はくすくす笑いだす。東洋人の卵形の脂ぎった顔をした中年男が、女言葉で、「今日は、この会合に来ていただいてとってもうれしいの。あたし、昨日から心待ちにしていたわ。くつろいでちょうだい」といった調子で話すのだから、漫画のような感じがする。

こういう輩を外務大臣の通訳にあてたりすると、

「いやねぇ、日本政府はそんなことは考えていなかったわよ。あたし、そんなこと言われて心外」

というような語調で話す。笑いはとれるが、交渉はぶちこわしになる。従って、松岡氏が閣僚や政治家の通訳を行ったことはない。もっとも、ロシアの金髪娘にしか関心をもたない国会議員のアテンドには松岡氏は最適だ。ロシア娘を口説くキーワードはたくさん知っているし、セックスに関する隠語の知識も豊富だ。

例えば、ロシア人と鮨屋に行ったとき、

「海老《えび》」

という言葉は禁句だ。ずばり「オマンコする」という意味だからだ。

また、

「不意に」

とか、

「ホイ、ホイ」

というような言葉も口にしてはいけない。「ホイ」と「フイ」は、ロシア語でチンポを意味するからだ。

それから、

「閣下」

も響きがよくない。ロシア語の幼児言葉で「うんち」という意味だからだ。

研修生の指導は、首席事務官の担当だ。松岡首席事務官が、知的美人の研修生に話しかける。

「どうだい外務省の仕事にも慣れたかい」

「仕事が少し見えてきました。皆さんの足手まといにならないように頑張りたいと思います」

研修生はこのような模範回答をする。この知的美人は、ユーラシア課への配置を命じられたというのだから、当然、ロシア語の研修生だ。前に述べたように、松岡氏のロシア語の知識はいいかげんで、文法も滅茶苦茶だ。ロシア語を教える能力はまったくないが、語学指導を装って、獣欲をまっとうする技法を松岡氏は身につけている。

「ロシア語の勉強は進んでいるかい」

「はい。文法が難しいです」

「国連公用語といってもロシア語の流通には国際的には限界があるからねえ。僕はロシア語を勉強したけれど、どちらかというと英語のほうが得意だなあ。君が外務省で伸びていくためには、僕のような将来性があるキャリアの引きと、英語力をつけておくことが必要だな」

　こう言うと、だいたいの研修生は引っかかってくる。

「英語には自信がないんです」

「やはり、英語は実地の教材で勉強するに限る。僕がアメリカから外交特権を使って手に入れた特別のビデオがある。観てみないか」

「はい」

　これがとんでもないポルノ・ビデオであることを知らない研修生は、松岡氏の話に乗ってしまった。

　われらが松岡首席事務官は、知的美人の研修生が松岡氏のビデオによる英語特別レッスンを受けることを了解したので、もうこの美人と半分ヤッたくらいの気持ちでうきうきしている。そして、研修生に、

「課の連中がいると気が散るから、明日の午後10時過ぎくらいから、英語の勉強をしよう」

と誘った。

ユーラシア課は外務省の中でも比較的忙しい課だが、国会閉会中は、午後10時になれば課員はほとんどいなくなる。松岡氏は、ユーラシア課の首席事務官をつとめる前は、外務報道官組織の国際広報課の首席事務官をつとめていた。国際広報課には、さまざまな広報ビデオを試聴する15畳くらいの個室がある。外に音が漏れないように防音装置もついている。襲いかかるには、絶好の場所だ。国際広報課の首席事務官は、松岡氏の子分だ。松岡氏が頼めば、視聴覚室を使えるように手配してくれる。もちろん、松岡氏が何を目論んでいるか、わかった上でのことだ。

実は、以前にもこの手法で研修生や高校卒業の未成年女性事務職員をモノにしたことがある。ポルノビデオを観せて、相手が驚いている隙に、ブラウスの胸もとから無理矢理手を押し込み、おっぱいを鷲づかみにする。

だいたい生真面目な女の子ならば、想定外の事態が生じたので、泣きだす。ここで強引にコトを進めることはしない。もし相手が大声で叫んだりして、襲いかかる現場を押さえられてしまうと、いくら松岡氏が親しくする悪徳幹部に相談しても、処分を免れることができないからだ。

裏返して言うならば、犯行現場を押さえられず、しかも、相手が人事課に訴えても、犯人がシラを切り通すならば、外務省では、セクハラ、パワハラは、ほとんどの場合、お咎《とが》めナシだ。

外務省の勤務時間は午後5時45分までだ。松岡氏は、午後6時過ぎには、一旦、姿を消す。新聞記者にタカって、銀座か赤坂の高給レストランで夕食をとる。その後は、そのまま銀座か赤坂、元気がいいときは六本木に繰り出して、ロシアバーやおさわりクラブに行く。もちろん、こういうときの支払いは新聞記者につけ回す。そういえばこの前、築地新聞（仮名）の政治部記者が、

「また松岡さんにはひどい目に遭わされましたよ。六本木の金髪トップレス・クラブに連れて行かれ、7万円払わされた。こんなカネ、会社に回すわけにもいかないので、結局、自分で被りました」

と苦情を言っていた。

松岡首席事務官は、情報がカネになることを熟知している。高給レストランやおさわりクラブで松岡氏と一緒に遊ぶ(要するに松岡氏の遊び代を負担するということ)記者には、秘密情報を流す。それに対して、真面目に正攻法で取材する記者には、新しい情報は何も提供しない。新聞記者は、情報が命だ。従って、腹の中では軽蔑していても、松岡氏を高給レストランや風俗店に頻繁に誘うのだ。

2

さて、松岡首席事務官が美人研修生に声をかけた翌日のことだ。午後10時過ぎに、銀座のショットバーでシーバス・リーガルの水割りをダブルで3杯ひっかけた松岡氏が、ほろ酔い加減になって国際広報課に戻ってきた。ほんとうはもっと飲みたかったのだが、これ以上飲むと大砲が勃《た》たなくなり、獣欲を満たせなくなる危険性があるので抑えた。

部屋に入ると、くだんの研修生が1人だけ残っていた。

「おお、君しかいないのか」

「国会待機がないので、みんな早く帰りました。何かあったら課長は携帯電話を鳴らしてくれと言っています」

東田ユーラシア課長は、赤坂一ツ木通りをＴＢＳ側に抜けたところにある雑居ビルの地下のスナックに、最近は入り浸っている。ここのママとできているからだ。もちろん支払いはすべて国民の税金、すなわち外務省の報償費（機密費）からなされている。この腐敗課長がいるので、松岡首席事務官も伸び伸びと公私混同ができるのだ。

「英語の勉強は進んでいるか」と松岡氏が尋ねた。

「一生懸命勉強しています。首席、今日は英語の指導をよろしくお願いします」と知的美人が言う。

松岡氏は、「それじゃ」と言って、首席事務官席の後ろにある鍵のかかる灰色の４段キャビネットからビデオを１本取り出した。

雄馬と金髪娘が交合する獣姦モノと、白人男の巨大なイチモツを東洋人女性が咥《くわ》え、それから乱交に移るといったえげつない映像だけをつなぎ合わせた特製ポルノビデオだ。こういうものを観せられると、普通の女性ならば度肝を抜かれる。度肝を抜かせることが、松岡氏の目的だ。

ユーラシア課にもテレビがある。しかし、ここでこんなビデオを上映していることがバレたらヤバイことになる。かつて防衛庁（現防衛省）で、深夜にポルノビデオの鑑賞会をやっていて、そのことが新聞に書かれ、関係者が処分されたことを松岡氏は覚えていた。

それに松岡氏の目的は、研修生にビデオを観せることではなく、獣欲を満たすことだ。美人研修生が助けを求めて騒いでも、聞こえないような防音装置がついた部屋にうまく誘い込まなくてはならない。

「この部屋のテレビは音がよくない。国際広報課の視聴覚室に行こう」

と松岡氏は、平静な口調で言った。松岡氏の心がすでに獣欲に満ちていることなど夢にも思っていない研修生は、「はい」と答えて、松岡氏について行った。

ユーラシア課は北館6階の北端にあるが、国際広報課は、中央館の3階だ。ユーラシア課の扉はオートロックになっている。電気を消し、2人は部屋を出た。

研修生を視聴覚室に誘い、松岡氏はビデオデッキのスイッチを入れ、カセットを入れた。

そして、

「少し刺激的かもしれないが、勉強になるので、注意深く観たほうがいい」

と言った。

数秒間、画面は暗いままだったが、突然、明るくなった。画面一杯にいきなり、50センチくらいある雄馬のチンポを舐める金髪娘の姿が出てきた。

「オー」

「ウーン、ダーリン」

とかいう英語が聞こえる。

少し冷静に考えてみれば、ポルノ映画をいくら観ても英語は上達しない。あの行為に関連した単語は50くらいしかない。それに、そういった猥褻語を外交交渉で使うことはまずないからである。研修生は、わけがよくわからずに画面に観入っている。何か特別な意味のある研修だと勘違いしているのだ。

松岡氏が研修生の耳許で、「何を言っているか、だいたいわかるかい」と囁く。真面目な研修生は「意味がよくわかりません」と答えた。

もっとも、ポルノ映画や小説に関する知識が外交官として必要になるときもある。日本語のある種の単語が、外国語では卑猥な意味をもつことがあるからだ。

前に述べたように、ロシア語の場合、「エビ」という単語は禁句だ。「オレとオマンコしろ」という意味になる。モスクワには鮨屋がたくさんあるが、金髪娘とカウンターに坐って、お好みで「海老！」などと言うと、金髪娘が顔を赤らめるくらいで済めばよいが、下手をするとビンタをはたかれる。

それから、「閣下」という単語がちょっとしたトラブルを引き起こした具体例を私は知っている。前に述べたように、「カッカ」という単語は、卑猥語ではないが、幼児言葉で「うんち」を意味するからだ。

2000年4月、森喜朗総理がサンクトペテルブルクを訪問したときのことだ。若いロシア人学生が、

「日本国総理大臣森喜朗総理カッカ！」

と日本語で言ったとき、場内が爆笑した。

それを受けて森氏が、

「いまどきの日本人でも閣下などという言葉を正確に使うことができないのに、若いのにあなたは閣下という言葉を正確に使いこなす」

と言った。

ロシア人は、日本語はわからないが、

「カッカ（うんち）」

「カッカ（うんち）」

と日本の内閣総理大臣が繰り返すので、大爆笑が続いた。もっとも、こんなこともあったので、森氏はロシア人に親しみをもたれているのだ。

私が外務省で研修指導を担当したときには、ロシア語で不快な響きをもつ「海老」「閣下」などの単語には、細心の注意を払うようにと言った。

それから、ロシア語で「はい」を「ダー（да）」と言うが、この語尾を伸ばして、

「ダーァー」

というと、あのときの「イク、イク」とか「いいわ」という意味になる。ロシア語の教科書には書いていないが、注意しなくてはならない単語の1つである。

もっとも、松岡首席事務官が美人研修生にポルノビデオを観せたのは、そのような語学指導をするつもりではない。防音装置のついた視聴覚室に連れ込み、ポルノビデオを観せて、その勢いでオマンコできた確率がこれまで7割くらいあったので、今回もこれでいけると思ったのだ。

松岡氏には奇妙な口説き方がある。

「オレは学生時代から普通の東大生とは違っていた。勉強一本ではなく、俳優の仕事もしていた。ポルノ映画にも出たことがある。外交官になってから、こういう経験も人間の幅を拡げるので役に立つ」

などと言う。

そして、それに、

「出世する女性外交官の後ろには必ず有力な幹部がいるよ。世の中はそういうふうになっているんだ。僕は君の後ろ楯になることができるよ」

などと、人事で優遇するような話をする。首席事務官というのはエライ人間だと勘違いし、尊敬している研修生には、松岡首席事務官が獣欲で動いているということが見えないのだ。

松岡氏には、経験則がある。相手の女の子がウブな場合には、まず、女の子の手を引いて、ズボンの上からイチモツを触らせる。それで相手が強い抵抗を示さないようならば、ブラジャーに手を入れて一気におっぱいを鷲づかみにする。

松岡氏は、美人研修生の利き手がどちらか考えた。研修生の手を引いて、ズボンの上からイチモツに触らせることを考えているのであるが、このときには必ず利き手を押さえるような状態にしておく。相手が抵抗した場合、利き手を自由にしておくと、ビンタをはたかれたり、殴られたりした場合の打撃が大きいからだ。この女の子は右手が利き手のようだ。

松岡氏は、研修生の右手を軽く引いて、股ぐらを触らせた。女の子は特に抵抗しない。抵抗しないというよりも、当惑しているのだ。

こういうときは一気呵成に攻めることだ。松岡氏は美人研修生のブラウスのボタンを2つだけ外し、一気におっぱいを鷲づかみにした。あわててボタンを外すことを忘れてブラジャーの中に手を入れると、服が破れることがある。そのような「物証」が出てくると、相手が人事課に駆け込んだ場合、逃げられなくなる。

そして、松岡氏は、研修生の耳許で、

「愛しているよ。僕は本気だ」

「君の悪いようには絶対にしないよ。信じてくれ。約束する」

などと甘い言葉を囁きかける。相手に男性経験があまりない場合、おっぱいを鷲づかみにされて、パニック状態になった女性は、「怖い」という気持ちが頭を占領しているので、優しい言葉をかけるという戦術が案外うまくいく。

もっとも松岡氏が、

「愛している」

というのは、

「君の身体だけを愛している」

という意味だ。

「約束する」

というのは、

「確かに約束はするが、約束を守ることは約束していない」

という意味なのであるが、美人研修生にはそんなことはわからない。

相手が抵抗しないことをいいことに、松岡氏は作戦を先に進める。こういうときは、まず女の子の上半身を裸にしてしまう。

そこからいきなりパンストやパンティを引きずり下ろすことに進んではならない。貞操の危機を感じた相手が、突如、正気に返って騒ぎだす可能性があるからだ。

女の子の上半身を裸にしたあとは、松岡氏が全裸になる。そして、しばらくペッティングをしたあとに、キスをして、「合意でこのようなことをしているのだ」という雰囲気をつくってから、下半身への攻撃に取りかかるのだ。このときも、ペッティングとキスの順番を間違えてはならない。キスは女の子が絶対に嫌だと口を嚙みしめていればできない。無理矢理唇をこじ開けようとしているうちに、相手が騒ぎだす可能性があるからだ。松岡氏の発想はプロの性犯罪者に近い。

松岡氏は、美人研修生の上半身を裸にする。何が起きたのか理解できず、ただひたすら当惑している美人研修生は、松岡氏にされるがままにしている。裸にしてみてわかったが、この子のおっぱいは思ったよりも大きい。90センチを超えるバストサイズでEカップだ。乳首はやや大きく8～9ミリくらいあるだろうか。その周辺を薄ベージュ色の乳輪がおおっている。松岡首席事務官は、美人研修生の左胸の乳首を軽く口に含んだ。事態に当惑した研修生は抵抗できない。キャリア外交官で仕事ができると思っていた先輩が、襲いかかってくるとは思わなかった。

よく考えてみれば、「英語の指導をしてやる」などと言ってポルノビデオを観せられた時点で、おかしいと思って部屋を飛び出すべきだった。しかし、この視聴覚室は、ラジオ局のスタジオのように防音壁がついているので、大きな声で助けを呼んでも聞こえない。万一、誰かが助けに来てくれたとしても、こんな様子を見られたら、あとで悪い噂を立てられる。

美人研修生が当惑して抵抗しないことを松岡氏は「もともとこいつは俺に好意をもっていたんだな。もっと早くヤッておけばよかった」と解釈している。

「乳首が勃ってきたよ。身体が反応している。君だってこうされて嫌じゃないんだ」と松岡氏が囁きかける。研修生は、そうじゃないと大きく横に首を振る。こういうときに女性の抵抗を弱らせるためには、相手を恥ずかしがらせるに限る。

「君の乳輪の横に、黒い毛が生えているね。胸毛の手入れはしていないのかい」

と囁く。想定外のことを言われ、女の子は顔を赤らめる。ここがチャンスだ。松岡首席は美人研修生に覆い被さり、ディープキスをした。舌をからめ、半分ザーメンが混ざっているのではないかと思われるようなねばねばした唾液を美人研修生の口に送り込む。研修生は、されるがままに松岡氏の毒液を飲み込む。「よしよし。完全にこっちのペースに乗ってきた」と松岡氏は心の中でつぶやいた。

ディープキスを続けながら、体表解剖学でヴィーナスのえくぼと呼ばれるお尻に近い腰のちょっとへこんだ部分に手をかける。松岡氏は研修生から唇を離した。勝負の瞬間だ。このときパンストとパンティを一気に下ろしてしまうのがこつだ。ただし、パンティは下ろしても、スカートはそのままにしておく。何も隠すものがないと、突然、女の子が正気に返り、叫びだすことがあるからだ。以前、騒がれてヤリそびれたことがある。それに素っ裸にするのではなく、スカートだけつけたまま、特にバックから挿入すると、なかなかそそられる。

うまくいった。パンスト、パンティ、それに焦げ茶色の靴下が一塊《ひとかたまり》になって松岡氏の右手に握られている。松岡首席事務官は、服を脱ぎ始めたが、素っ裸になるのに15秒もかからなかった。見事に勃起しているので、これならば仮性包茎であることもばれない。ここで一気に研修生にフェラチオをさせたいところだが、相手が慣れていないと大切なところを噛まれる危険性がある。ここはムードを大切にしなくてはならない。松岡氏は右手で女の子の頭を抱え、左の掌で、相手の右乳房をペッティングしながら、

「君に悪いようにはしないから。君が外務省で生き残っていくには僕のような後ろ楯が必要だよ」

と囁いた。

「ここで焦って挿入してはならない」

と松岡首席事務官は自分に言い聞かせた。

相手が処女、あるいは男性経験があまりない場合は、キスやペッティングを繰り返し、指でアソコにいくら触れても、なかなか潤わない。こういうときは、クンニリングスで唾液を相手の密壺に流し込み、こっちのイチモツにもたっぷり唾液を塗りつけてから挿入す

る。このやり口は、プロのレイプ犯と同じだ。

外務省内で松岡氏は、

「殺人以外のすべての犯罪に手を染めた男」

と言われている。

この表現に誇張はない。小林多喜二の小説『蟹工船』の現場監督・浅川のように部下を罵倒することは日常的だ。酔って、「生意気だ」と言って部下を殴ったことも1度や2度ではない。また、外務省報償費で、女友達に服を買ってやったり、高級レストランでメシを食うことも週に3、4回はある。

外務省から徒歩10分の溜池にマンションを構え、そこで愛人とオマンコをして、午後11時半ごろに外務省ユーラシア課に戻ってくる。そして、ビールを飲みながら、遅い時間まで残業している部下に対して威張り散らして、零時半になるのを待つ。

外務省の内規では、零時半を回ると、帰宅用のタクシー券を使うことができるからだ。溜池の「愛の巣」でオマンコをしていた時間も含め、零時半まで超過勤務していたことにし、タクシーで帰るのだ。この時間ならば、地下鉄丸ノ内線とJRを乗り継げば、電車で帰宅することも可能だ。もっともこの時間の電車は、帰宅するサラリーパーソンで、朝の通勤ラッシュ時のような混雑だ。松岡氏は、

「エリートの俺が満員電車なんかに乗ることができるか」

と考えている。

松岡氏は郊外の一戸建てに住んでいる。タクシー代は毎晩1万5000円くらいかかる。オマンコ時間の超過勤務手当とこのタクシー代はすべて国民の税金から支出されているのだ。

もちろん松岡氏は、そのようなことなど屁とも思わない。恐ろしいのは、松岡首席事務官だけでなく、上司のユーラシア課長、その上司の欧州局長も松岡氏と同じ「哲学」の持ち主で、国民の税金を湯水のように使うことがエリートの特権であると勘違いしていることだ。従って、松岡氏の社会通念からかけ離れた行動も、外務省では是認されるのだ。

3

場面を松岡氏の犯行現場に戻す。

松岡氏は、美人研修生のスカートをへその上までまくりあげ、繁みに顔を埋め、クンニリングスを始めた。ほのかにアンモニアの臭《にお》いがする。

「この娘は、処女かもしれない」

と松岡氏は思った。セックスの経験があまりない女性は、局部を入念に洗うことをしない。だから、ちょっとアンモニアの臭いがする。それに男に見られるということを想定していないので、アンダーヘアを切り揃えたり、手当をすることもしない。この美人研修生の場合も、繁みの若草は不揃いである。

クリトリスを舌先でころがしていると少しずつ堅さを増してきた。研修生は思わず「あはん」という声を漏らした。

身体と心は別なので、レイプの被害に遭っても、身体的に感じてしまうことはある。こういう隙を松岡首席事務官は、最大限に活用する。左手で美人研修生のクリトリスをやさしくなでながら左耳許で囁く。

「君は初めてなの？」

研修生は黙って首を横に振った。実は、高校1年生の夏休みのことだったが、勉強を見てもらっていた家庭教師の大学院生と1回だけセックスをしたことがある。初体験だった。とにかく痛かったことと、太ももに破瓜《はか》の血のあとがついていたことだけを覚えている。その血を見て、家庭教師が怯えてしまい、その後はそういうことはなかった。家庭教師は、秋になると「研究が忙しくなった」と言ってやめた。その後は、家庭教師派遣センターから、中年女性のベテラン家庭教師がやってきた。

高校、大学の間は、勉強一本で生真面目な生活を続けてきた。正直に言えば、男に関心がまったくなかったわけではない。大学時代に2人と付き合ったことがある。しかし、初体験からセックスは恐ろしいという印象が強かったので、男が求めてくると彼女は自分のほうから去っていった。

まさか、外務省に入って、上司の首席事務官とこういうことになるとは思わなかった。

頭の中が真っ白になりそうだ。

松岡首席事務官は、美人研修生が処女でないことを知り、実は安心した。確かに、はじめての男になることは、松岡氏の自尊心を満たす。

しかし、処女は経験がないため、いざ挿入の瞬間になると暴れたり、叫んだりすることがある。

以前、高卒の若い職員に、ウオトカをオレンジジュースで割った「スクリュードライバー」を飲ませて酔わせてから（未成年者飲酒禁止法違反である）、ラブホテルに連れ込んだ。それからイッパツやろうとしたら、相手が処女だったので、暴れられた。はずみで女の子の右膝がキンタマに思いっきり当たり、涙を流したことがある。その日はセックスどころでなくなった。

松岡氏は、美人研修生に、

「怖くないからね」

と囁く。もちろん、美人研修生に怖いことをしようとしているのだが、こういう囁きをすれば、相手が暴れる可能性が少なくなることを経験則として知っている。

頭の中が真っ白になっている女の子は、とにかくこの悪夢が早く終わればいいという思いでうなずき、

「電気を消してください」

と言った。

挿入するとき、女性の少し苦しそうな顔を見るのが松岡首席事務官の趣味である。

「電気を消してください」というか細い声を無視して、研修生の両脚の間に腰を入れた。手を添えれば、簡単に挿入できるのだが、それではセックスの醍醐味がなくなる。クンニリングスであそこも潤っている。念のために、松岡氏は、口からねとねとした唾液を左掌にたらし、欲棒になすりつけた。これならば、挿入をしくじることはない。

欲棒が密壺の周辺を何度か突く。この感触がたまらない。

「ここで興奮して漏らしてしまったら、男として大失態だ」

と松岡氏は自分自身に言い聞かせる。

10回くらい周辺を突いたところで、欲棒の先が密壺の入り口とうまく合わさった。腰に力を入れてペニスを押し込んでいく。

　松岡首席事務官は美人研修生の密壺に欲棒を押し込んだ。腰を激しく動かし、ピストン運動をするとともに両手で乳房を激しく揉む。女の子が苦しそうに顔を歪める。この姿を見ると、

「外交官になってほんとうによかった。民間会社はもとより他の役所でもこんなことはできないよな」

と松岡氏は、ニタニタ笑う。松岡氏の認識は確かに正しい。このような悪事が平気で見過ごされるのは、外務省がまさに伏魔殿だからである。

　霞が関では、かつてから、

「自殺の大蔵（財務）、汚職の通産（経産）、不倫の外務」

と言われている。

ただし、不倫というのはだいぶ柔らかくした表現で、実態はレイプ常習者が外務省にはいくらでもいる。松岡首席事務官を咎めたりしたならば、ブチ切れて、

「それじゃ、あの幹部のレイプや、この幹部がワシントンの大使館に勤務していたとき白人娘とトラブルを起こして、その後始末を報償費で行ったことをバラしてもいいか」

と開き直られてしまったら面倒なことになる。

犯罪者集団特有の恐怖と腐敗の均衡で、「負の連帯意識」が松岡氏たち性犯罪系のキャリア外交官を結びつけているのである。

3～4分、ピストン運動を激しく続けたところで、松岡氏は、何を考えたのか、欲棒を研修生の密壺から離した。

スーツの上衣の内ポケットからコンドームを取り出した。そして、美人研修生の耳許で、

「君が妊娠したりすると、苦労をかけることになるから、ちゃんと避妊するよ。それくらい僕は君のことを考えているのだ」

と囁く。実は、松岡氏は首席事務官用の鍵のかかる4段キャビネットにコンドームを常備している。そして、女性と食事に行きときは、「いざというとき」に備えて、上衣の内ポケットにいつもコンドームを入れておく。「いざというとき」とは、相手の女性が罠にかかり、松岡氏が獣欲を満たす機会に恵まれることだ。もちろん、レイプ魔が相手のことなど考えているはずがない。以前、ロシア娘をはらませて、堕ろすのに一騒動あった記憶が焼き付いているので、妊娠だけは絶対にさせないように松岡氏が細心の注意を払ってい

るだけだ。

しかし、当惑して、頭の中が真っ白になっている23歳の研修生は、

「もしかしたら、松岡さんはいい人なのかもしれない」

と勘違いし始めた。

松岡氏は、

「君のラブジュースで濡れているから、ゴムを付ける前に君の口できれいにして」

とあつかましくフェラチオを要求する。研修生は催眠術にかけられたように応じるが、慣れていないために陰茎を噛んだので、

「もういいよ」

と言ってやめさせた。

松岡氏は、外務省から徒歩10分くらいのところに、ワンルームマンションをもっている。今後数カ月かけてこの「愛の巣」に連れ込んで、フェラチオやライトSMを徹底的に仕込めばよいと考えている。コンドームを装塡した弾道ミサイルを再び密壺に挿入した。今後の調教のシナリオについて考えるだけで興奮し、5分もせずに果てた。

ここで、松岡氏は服を着ながら、研修生に、

「ちょっとお腹がすいたね。おいしいものでも食べに行こうか」

と声をかける。

ここにも松岡氏の計算がある。セックスを強要しても、その後、2人で食事をしておけば、あとで「襲われた」と研修生が話しても、

「合意の上だ。もしレイプならその後、相手が食事に応じるはずなどない」

と言い逃れることができる。

高級ホテルのレストランでの飲食ならば、公費につけ回すことができる。そのカラクリは次のようになっている。

外務省は、他の役所と異なり、報償費というカネを山ほどもっている。これは情報提供者に支払ったり、外国要人や外交官を接待するためのカネだ。報償費を使うことができるのは、外務省の内規では、課長職以上となっている。

私が現役のころは、課長で月20万円、局長で月50万円の枠があった。私は1998年に主任分析官に就任したときに月50万円の特別枠をもらった。これは課長職よりも下の職員

に機密費がついたはじめての事例である。モスクワやサハリンに行って、ヤバイ連中と飲み食いしたり、クレムリン要人の愛人にプレゼントを贈って歓心を買うのに報償費が役立った。

首席事務官は報償費を使うことができない。しかし、課長がOKすれば、その枠を使うことができる。われらが松岡氏の上司は、東田ユーラシア課長だ。

東田課長はソ連時代、モスクワの日本大使館で裏金組織「ルーブル委員会」の元締めだった腐敗官僚で、前に述べたように報償費を使ってお気に入りのママがいる赤坂のスナックに入り浸っている。ユーラシア課の決裁書類を課員がタクシーでこのスナックにまで運び、決裁のサインを得るなどということも日常化している。もちろん東田課長の飲み代は、報償費、つまり国民の税金から出ている。

キャバクラや「金髪ロシア娘のおさわりクラブ」の払いはさすがに外務省に回すことが難しい。こういうときは、外務省を担当する「霞クラブ」の記者につけ回す。記者が総理や外相に同行して外国に行くときに東田課長は、出先の大使館に偽造領収書を作成させる。これに記者はデタラメな数字を書き込んで、会社からカネを騙し取るので記者も東田氏にたかられた元を取り返すことができる。

ちなみに私もモスクワの日本大使館に勤務していたときに原田親仁一等書記官(現チェコ大使)の「大使館の名前が書いてある公用便箋の右下に、大使館のゴム印を押した白紙領収書を50枚つくれ」という指示に従って、偽造領収書を複数回作成したことがある。有印公文書偽造と詐欺の共犯に該当する刑事犯罪に手を染めてしまったことを深く国民のみなさんにお詫びする。その反省の意味もあって、私は本書で外務官僚の「素顔」をリアルに記しているのだ。

松岡首席は東田課長の腐敗に関する秘密を山ほど握っている。この辺は悪党同士の「友情」で、松岡氏は課長枠の報償費を自由に使うことができるようになっているのだ。

外務省の内規で、公費で飲食する場合には「設宴《せつえん》高裁案」という決裁書を事前に作成し、予算支出の許可を得ることになっている。しかし、「レセプションで偶然会って、その後、緊急の意見交換をすることになった」という但し書きを書けば、カネは出る。

松岡首席事務官がお手つき女性と高級ホテルのレストランで食事をするとき、決裁書の上では、たいてい「在京ロシア大使館ガルシン参事官(仮名)との緊急の意見交換」ということになっている。

松岡氏は、確かに仕事で1カ月に1、2回は在京ロシア大使館のガルシン参事官と食事をとる。それもほとんどが昼食で、しかも支払いは1回交替でだ。しかし、公費での飲食の許可を得る接宴高裁案の上では、ガルシン参事官と昼食を月平均で5回、夕食は8回もとっている。本当にガルシン参事官と会っているのは月1回だけだ。あとはすべて女性と飲み食いしている支払いを、「外交団との意見交換」という項目で報償費につけ回しているのだ。

もっとも、こんなことは序の口だ。以前、お手つきにしたユーラシア課庶務班の高校出たての女性職員と寒空の下、デート（といっても主たる目的はセックス）の約束をしていたが、国会議員に引き留められてしまい、1時間半も遅れ、泣かれたので、機密費で着物を買ってやったことがある。決裁書には、「ロシア要人の夫人への贈呈品」と記しておいた。着物ならば贈呈品として理屈が通るし、プレゼントをした相手から受領証を取る必要もない。

この女性が自慢げに、

「松岡首席事務官から機密費で服を買ってもらった」

と吹聴したので、ユーラシア課内で悪評が立った。このときは東田ユーラシア課長から松岡氏は、

「もう少し脇を固めろ。会計検査院にでも余計な話が聞こえると面倒なことになる」

と注意された。


松岡氏は、今回は、外務報道官組織の視聴覚室に美人研修生を連れ込んで、首尾よくセックスをしたが、外務省内にはほかにも連れ込み場所がある。外務省の仮眠室もその1つだ。仮眠室は個室になっている。


息を殺しながらセックスをしても、ベッドがキシキシいって、

「あへ」

とか、

「ウフン」

などという声が漏れるのであるが（私もそのような現場に2度ほど遭遇したことがあ

る）、外務省はセックスに関しては実におおらかで、他人のプライバシーには干渉しないという文化が徹底しているので、他の民間企業では確実にクビになるこの種のことをしていてもお咎めはない。

外務省内であれ、シティーホテルやラブホテルであれ、外務省の女性と1回目にヤッたとき、松岡氏は、その後、必ず女性を赤坂の高級ホテルのレストランに連れて行き、一緒に食事をすることにしている。

そこでは、冗談を言ったり、わざと明るく振る舞う。

「君を本気で愛している」

とは言うが、

「責任を取る」

ということは、絶対に言わない。

実は、以前、寝物語で「妻は東大の同級生だけどブサイクなのでいつでも別れるつもりだ。政略結婚だった」と思わず口に出してしまい、お手つきにした女性職員から結婚を迫られて散々な目に遭ったことがあるからだ。

あのときは、後輩のキャリア外交官にこの女性を押しつけ、専業主婦になるように仕向け、うまくいった。あの失敗はもう繰り返さないようにしようと松岡氏は心に誓っている。トラブルになる「責任を取る」、「妻と別れる」、「いつか君と結婚する」などという言葉はどんなに酔っても吐かないようにしている。

松岡首席事務官は美人研修生に、

「北口で待つように」

と言った。

外務省には複数の出入り口があるが、夜7時半以降や休日の出入りはすべて北口からなされる。外務省は「不倫の外務」と言われるくらい、セックスに関しては開放的文化の役所なので、不倫カップルもだいたい北口で待ち合わせる。

従って、北口の守衛さんは、

「あの課長はまた不倫をしている」

とか、

「あの首席事務官はまた研修生に手をつけた」

などということを、実によく知っている。

守衛さんと親しくなって居酒屋で一杯やりながら、さりげなく水を向けると外務省幹部のスキャンダルやプライバシーに関する情報が簡単に手に入る。

週刊誌の記者諸氏！　ぜひ、試してみるといい。外務省の守衛さんが、職員のプライバシーに関する情報を漏らしても、外交機密ではないので国家公務員法上の守秘義務違反にはならない。

4

松岡氏が北口で部下のお手つき女性と会うときは、わざと5～10分、遅れて行くようにする。女性の側に待たせるようにして、女性のほうが自発的に松岡氏と会いたがっているという言い訳ができるようにしているのだ。

30分ほど前に視聴覚室でセックスした余韻がまだイチモツに残っているが、卑猥な雰囲気は一切出さず、部下に相談されて付き合う上司の雰囲気を装う。北口で研修生と待ち合わせ、そこから庭を30メートル横切り、通りに出てタクシーを拾った。部下に作らせたタクシー金券が松岡氏の財布にはたっぷり入っている。

自分で値段を書き入れるタクシー券と異なり、タクシー金券には500円、100円、10円などの値段が印刷されている。金券屋に持ち込めば換金できる（事実、それをして逮捕され、懲戒免職になった外務省職員もいる）。従って、不祥事が起きないように、タクシー金券は本来、配布されないのだが、大きな代表団がやってきてハイヤーを借り上げたときのキックバックとして、タクシー会社から金券をせしめることが上手な会計担当職員が外務省では「できる職員」として評価される。

松岡首席事務官のような腐敗キャリア官僚が勤務する課や大使館には、必ずそれを支える腐敗した会計担当のノンキャリア職員がいる。もちろんこのような職員も甘い汁をさんざん吸っている。松岡氏が在京ロシア大使館のガルシン参事官の名を用いて、実際は不倫相手の女性との飲み食いに国民の税金を使っていることを会計担当職員はもちろん認識しているのだが、絶対に表立った批判はしない。

そのかわり、不正に手を貸した見返りに、海外では、外交特権を濫用して蓄財できるような場所に勤務できるように腐敗キャリア官僚に影響力を行使してもらう。外務省で、キャリア職員の公金横領、レイプ、不正蓄財などの犯罪行為が表に出にくいのは、不正に手を貸し、見返りを得るノンキャリア職員の厚い層があるからだ。お互いに告発し合ったならば、全員がお縄になる。このような腐敗と不正の均衡によって、外務省職員の連帯感が維持されているのである。

松岡氏は、今回、餌食にした美人研修生を赤坂の高級ホテルに入っている鮨屋に連れて行った。鮨屋では必ずカウンターに坐る。大学を卒業したばかりの研修生が、カウンターでお好み鮨を頼んだ経験はまずない。「これくらい高いところに招待するくらい僕は君を大切にしているんだ」という雰囲気を醸しだすためだ。もちろん費用は公費につけ回す。

松岡氏が、省内でお手つきにした女の子を連れて行く鮨屋は、赤坂に2軒ある。普段は、赤坂見附駅からそれほど離れていない一ツ木通りにある鮨屋を使う。昔この店に勤めていた鮨職人が、現在は、モスクワのさる大富豪の邸宅で働いている。ロシアの大富豪は、鮨でお客さんを歓待するのが流行である。そんな御縁があるので、この店の大将はロシアを担当する外交官には、よいネタをリーズナブルな価格で提供してくれる。

しかし、今日はやめた。電話で予約をすると、

「今日は情報課の加藤さんが来ていますよ」

と大将が言う。「加藤さん」とは、外務省国際情報局情報課の加藤《かとう》勝《まさる》主任分析官（仮名）のことだ。同じロシアを専門とする外交官だが、加藤氏は「裏街道」の情報収集や謀略を担当しているので、松岡氏にはどうも肌が合わない。

加藤氏は、頻繁にモスクワに出張しているが、ロシア人から情報を取るだけでなく、松岡氏をはじめとする同僚のプライバシーやスキャンダルに関する情報も集めているようだ。どこかとらえどころがなく、本質的に陰険な感じがする。いま食べてしまったばかりの研修生など連れて行ったら、加藤氏が余計な関心をもつかもしれないと思った。

松岡氏の勘は、ここまでは正しかった。しかし、松岡氏が使うホテルの鮨屋に加藤氏は出没しないが、銀座にあるこの鮨屋の本店にはときどき顔を出している。ホテルの鮨屋には、本店から交替で鮨職人が派遣されているのだ。加藤氏は情報屋だ。情報屋は、同僚であっても、スキャンダルや脇の甘さがあれば、それを探り、記録をつける習性がある。赤坂のホテルにある鮨屋は、松岡氏以外の外務官僚もよく使う。

鮨職人も、女連れで、自慢話ばかりをして、支払いはいつも外務省につけ回す松岡首席事務官に対しては不快な印象をもっている。その辺の事情を察知した加藤氏が本店のカウンターでウイスキーの水割りを飲みながら、鮨職人たちと雑談しつつ、松岡氏をはじめとする外務省の腐敗官僚に関する情報を収集しているのだ。

外務省のドスケベ官僚は、女連れのときはホテルのレストランを好んで使う。女性を酔わせた勢いで、ホテルの部屋に連れ込むことができるからだ。外務省は国際会議や外国のお客さんを招いたときに、公務でホテルをよく使う。そこで、各ホテルは、私用で外務官僚がホテルを使うときには特別の割引をしている。5割引になるホテルもある。この割引を用いて、さらにその費用を組織につけ回すのが松岡氏をはじめとする腐敗外務官僚の文化だ。

さて、加藤主任分析官は、集めた情報をどうするのか。外務省でロシア語を研修したロシア・スクールの外交官を実質的に統括する大ボスの西郷茂《さいごうしげる》外務審議官（仮名）に報告するのだ。外務審議官とは、外務事務次官に次ぐ外務官僚ナンバー・ツーのポストだ。

西郷氏の父は、駐米大使、祖父は外務大臣をつとめた。西郷氏は外務省サラブレッドの家系である。西郷氏は、一見、3代目のお坊ちゃんのように見えるが、そうではない。なかなかしたたかである。加藤氏は西郷氏の隠密なのである。

松岡氏は、美人研修生とカウンターに腰掛けた。席を勧めるふりをして、さりげなくお尻を触る。とくに反応はない。そこで研修生が椅子に坐ったあと、今度はお尻を撫でてみた。今度も反応がない。「これはうまくいきそうだ」と松岡氏は思った。

レイプした相手に、

「あれは愛情と研修指導の行き過ぎから生じたことだ」

という認識をもたせなくてはならない。それは、レイプ直後に誘った食事の席での印象によって決まるというのが松岡氏の経験則だった。

松岡首席事務官は、つい1時間前にレイプ魔となったときとは別人のようなエリート外務官僚の顔をしている。そして、美人研修生に「まず何にする」と声をかけた。高級鮨店のカウンターに坐る経験など、ついこの前まで学生だった研修生にあるはずがない。

松岡氏は、

「俺のようなエリートはいつもこういう高級店に出入りしているのだ」

という雰囲気を言外に誇示しているのだ。

研修生が、

「お鮨屋さんのこういう席ははじめてなので……」

と答えると、

「それじゃ、いつものやつ」

と鮨職人に注文した。

「いつものやつ」とは、東京に勤務する参事官クラス以上の外交官や、外国から来た国会議員に対してふるまう3万円のコース料理だ。珍味の突き出し、刺身、煮魚（もしくは焼き魚）、にぎり鮨、巻物、椀（大粒のしじみがおいしい）、それにフルーツがついてくる。これに日本酒を少し飲むと、税、サービス料込みで1人5万円くらいになる。もちろん、今回も在京ロシア大使館のガルシン参事官との打ち合わせということで、外務省報償費につけ回す。

もっとも外務省では、ホテルのセミスイートルームに300泊もして、1500万円の宿泊料を踏み倒す輩もいるので、松岡首席の特権濫用感覚は、外務省文化では「普通からちょっと逸脱したくらい」である。

　松岡氏は、

「日本酒は、伏見あたりのちょっと甘い酒がないかな。それをぬる燗でつけてね」

と鮨職人に言った。

　ほんとうはウイスキーや焼酎をがんがん飲みたいところであるが、松岡氏は酒癖がよくない。特に、アルコール量がある限度を超えると、幼児言葉をしゃべるようになる。

「ぼくちゃん、チャビチイ（淋しい）んです」

　などと言っているうちはいいのだが、さらに気持ちが緩んでくると、

「オッパイ見ちぇて欲しいんです」

　とか、座敷だと両脚を上げて、

「バブバブ」

　と言いながら、オムツを替えてくれというポーズをとる癖がある。

　今回の獲物（美人研修生）は、かっちり捕まえておきたい。そのためには、研修生を本気で愛しているという雰囲気を装わなくてはならない。過去にも、うっかり幼児プレイ癖

を表してしまい、若い女の子から引かれてしまったことが何度かある。

事実、松岡氏は家庭的に淋しいのである。前にも述べたが、松岡氏には離婚歴がある。1回目は大学の同級生と学生結婚した。

結婚して3カ月くらい経ったところで、幼児プレイに誘ったら、

「ヘンタイ！」

と捨て台詞を吐かれ、妻は家から出て行ってしまった。

その後、大手ゼネコンの会長の娘で、これも東大卒の女性と再婚した。岳父は政界にもコネをもっているので、家庭生活で羽目を外すことができない。普段は気をつけているのだが、酩酊するとどうしても幼児プレイ癖が出てしまう。妻からは「気持ち悪い粗大ゴミ」のような扱いを受けている。もっとも2人とも打算で結婚したわけだから、離婚するつもりはサラサラない。こういう仮面夫婦は外務省に結構多いのである。

松岡氏は、

「語学は最初の半年が勝負だ。特にロシア語は、他のヨーロッパ語と異なっているので、語学の専門家として認知されると、その後の出世が早い」

とか、

「女性職員は気配りもたいせつだ」

といったあたかも先輩外交官として指導するような話をしているが、腹の中で考えていることは2つだけだ。

第1は、この美人研修生が「レイプされた」と人事課に訴え出ないようにすることだ。人事課は基本的に幹部の味方だ。またキャリア職員とノンキャリア職員の間でトラブルが起きたときは、基本的にキャリア職員に有利な形で問題を処理する。特に「外務省でレイプ」などという話は揉み消す。

こういう情報を週刊誌、特に『アサヒ芸能』あたりにつかまれたりすると、トップ記事で扱われ、地下鉄の中吊り広告に出され、面倒なことになる。事実、過去に、

〈「対ロシア外交を担う高級エリート官僚が、美人キャリア職員をレイプしたあげく、その一件を組織ぐるみでもみ消した」というのだ（中略）伏魔殿に隠された〝大醜聞〟を暴く！〉（『アサヒ芸能』2006年1月26日号）などという記事を出されたキャリア外交官（当時の松田邦紀ロシア課長）がいる。そんなヘタは打ちたくないので、何とかこの研修

生を丸め込んでしまおうと思った。

第2は、松岡氏の頭というよりも、睾丸が考えていることだが、仕事の途中もしくは仕事帰りに抜け出していつでもオマンコできるセックス・フレンドとしてこの美人研修生をキープしておくことだ。

これも前に述べたことであるが、松岡氏は、赤坂の溜池、東京全日空インターコンチネンタルホテルのそばにワンルーム・マンションをもっている。

かつて与党有力政治家の秘書官をつとめたことがある岳父が、

「官僚は国会待機などの無駄な時間が多い。こういうときに役所にいて、不必要な仕事をするよりも、近くに寝て少しでも疲れをとったほうがいい」

と言って、買ってくれたものだ。24平方メートルの小さなマンションだが、外務省から徒歩でも10分程度なので便利がいい。

霞が関の官僚で、休憩用のマンションをもっているという例は珍しいが、政治部の新聞記者が3〜4人でカネを出し合って、霞が関の官庁街から徒歩5分くらいの虎ノ門にマンションを借りて仮眠室にしている例はときどきある。確かに、こまめに寝て、疲れをとっておくと、いざというときの集中力や瞬発力が異なってくる。官僚の仕事が深夜に及ぶことを知っている松岡氏の岳父は、まだバブルが完全に崩壊する前だったので婿のために7000万円も出し、マンションを買った。

松岡首席事務官はこの部屋を「愛の巣」というよりは「幼児プレイの館」として利用している。

「今日は仕事が忙しいので溜池に泊まる」

と言えば、妻もいちいち詮索しない。

妻としても、松岡氏が夜中に酩酊して帰宅し、耳許で幼児言葉で、

「ボクは、ママちゃんにアマアマなんです。オッパイみせてくだチャイ。バブバブ」

と囁かれるのは気持ち悪いので、外泊してもらったほうがいい。

松岡氏が愛人を連れ込んで「食べて」しまう、赤坂の溜め池にあるマンションのクローゼットには、大人用の紙おむつによだれかけ、赤ちゃん用のガラガラや、おしゃぶりが収納されている。ガラガラは10個、おしゃぶりは30個以上ある。それに哺乳びんも5～6本ある。

セックスの好みは、それこそ人の数だけあるのだろうが、松岡氏の場合、赤ちゃん言葉で女性に散々甘えたあと、よだれかけをかけてもらい、両手にガラガラをもって、紙おむつを替えてもらう瞬間が至福の一瞬なのである。特に、パフでシッカロールを肛門から睾丸につけられるときの快感は形容のしようがない。そういうときは、セックスよりもペニスにローションを塗って、女性に手コキをお願いする。

こんなアブノーマルなセックスにはついていけないといって、女性のほうから逃げ出していきそうなものだが、松岡氏の経験則では、マンションに連れ込んだ9割以上の女性が「変態プレイ」に付き合ってくれる。それまでに、シティーホテル（ラブホテルならば自腹を切らないとならないが、シティーホテルならば公費につけ回すことができる）で何発かやってセックスに慣らしておくと共に、人事や機密費による飲食を通じ、女性も松岡氏と付き合うことに利点を見いだすと、幼児プレイくらいならば付き合ってくれる。少し気持ち悪いけれど、女性の身体に与える実害が少ないからであろう。

首席事務官以上のキャリア職員は部下の人事に絶大な影響をもつ。

民間の人にはわかりにくいところがあると思うが、官僚の職業的良心は「出世すること」だ。最初は、松岡氏のレイプによる被害者だったが、外務省組織がその事実を隠蔽しようとしたことを逆手にとって、出世につながるポストをゲットした女性キャリア職員もいる。人間を腐敗させる環境が整っているという点で、霞が関（中央官庁）で外務省の右に出る組織はないと思う。

クローゼットに入っているのは幼児プレイ用の道具だけではない。十数本のバイブレーターが入っている。そのうち何本かは、細いアヌス用バイブレーターだ。幼児プレイというのはどちらかというとマゾ・プレイだ。人間は、どこかでバランスをとりたくなる動物なのだろう。松岡氏のもう1つの趣味は、バイブレーターが女性の局所に入っているのを見ながら、オナニーすることだ。モスクワの日本大使館に勤務していたころ、ロシアの金髪娘に小遣いを渡して、このプレイもよくしたものだ。

ところで、ロシアに旅行する予定がある読者への忠告だが、バイブレーターを持参することは避けたほうがいい。電池、電線さらにプラスチックがついているので、入国時の税関検査（荷物をレントゲンに通す）で爆弾と間違えられることがあるからだ。ソ連にはバイブレーターがなかった。ソ連時代末期のことだ。ちょうど、アゼルバイジャンのナゴルノ・カラバフ自治州で、アルメニア人とアゼルバイジャン人の紛争が激化し、爆弾テロ事件が頻発しているころのことだった。金髪娘のアソコにバイブレーターを入れて、その姿を見ながらオナニーをするという趣味をもった日本人（新聞記者かテレビ記者か商社員かは、あえて明らかにしない）が、モスクワのシェレメーチェボ第2国際空港でトラブルを起こしたことがある。入国の際に手荷物を検査したら、バイブレーターが数本出てきた。税関職員がこれを新型のプラスチック爆弾と勘違いしたのである。

幼児プレイと比較して、バイブプレイや肛姦は女性に逃げられる可能性が高いので松岡氏も相手を見て慎重な姿勢をとっている。

今回、餌食にした美人研修生は来年の夏には在外研修（留学）に出てしまう。松岡首席はそれまでの間は、セックス・ペットとしてこの研修生を手放したくないと思った。

鮨を食べ終え、おいしいしじみの赤だしを飲んだあと、松岡氏は、

「大将、今日は果物は何がある」

と聞いた。

「そうですね、マンゴーとメロンがあります」

という返事を聞いて、松岡氏は研修生に「どっちにする」と尋ねた。

研修生は、

「もうお腹いっぱいなのでいりません」

と答えたが、松岡氏はメロンを頼んだ。

ホテルの鮨屋なので、メロン1切れが3000円もする。できるだけ公金から多くのカネを引き出すことができるのが自らの力のシンボルとなることを知っている松岡氏は、果物はいつもいちばん値段の高いものを、たとえ相手が残しても注文する。どうせ税金から支払われるカネで自腹が傷むわけではない。

松岡氏は過去の経験からこういうときに殺し文句を語る。

メロンを食べながら、美人研修生に、

「僕は君の能力を高く買っている。しかし、僕たちがこういう関係になったからといって、僕が君を優遇するとは思わないでくれ。人事についてはフェアでありたいと思う」

と言った。

職務命令を聞かざるを得ない部下をレイプして、その後の飲み食いを公金につけ回して

いる男がフェアなどという言葉を吐くこと自体が漫画であるが、松岡氏のこのような発言を聞いて、

「ああこの人は仕事に関しては真面目なんだ」

と勘違いしてしまう若手女性職員もいる。

もっとも、この研修生はそのような勘違いをしなかった。

松岡氏が、伝票を見たあと、大将に小声で、

「ちょっといつもの枠よりも出ちゃったから、こっちが1人で客が3人ということにしておいてくれ」

と頼んでいるのが聞こえたからである。

最初、研修生は松岡氏が自腹を切って鮨を奢ってくれたのかと思ったが、そうではないことに気づいたのだ。松岡氏は、請求書の操作を大将にお願いしていたのである。

5

さて、その日に面白い偶然が起きた。前に述べたように、ホテルに入っているこの鮨屋の本店は銀座にある。ホテル店は午後11時に閉店だが、本店は午前3時まで開いている。明日の仕込みのことで本店にお願いしておかなくてはならないことがあるので、大将は店じまいを若い連中に頼んで本店に出かけた。

本店のカウンターには、外務省国際情報局情報課の加藤勝主任分析官が、シーバス・リーガルのソーダ割りを飲んで坐っていた。加藤主任分析官は、情報のプロだ。

一見、気さくで人懐こいように見えるが、気を許してはダメだ。酔ったときにうっかり話したことでも加藤氏はきちんと記憶している。「えんま帳」といわれるB5判100枚のノートをもっていて、それに政治家、新聞記者、官僚の金銭、セックス、仕事の上でのミスなど、ありとあらゆるスキャンダルになるような情報を暗号化して記録しているという。

ホテルの鮨屋の大将が銀座本店に戻った。打ち合わせを済ませて、店を出ようとすると、カウンターに坐っている客から「大将、ホテルのほうはどうですか」と声をかけられた。振り向いてみると加藤主任分析官だ。大将と加藤氏は飲み友達で、ときどき近所のショットバーに一緒に飲みに行くことがある。加藤分析官は情報屋なので、面白い話をいろいろ知っている。

大将は、

「今日もお客さんが結構来ていました。松岡首席事務官が看板までいましたよ」

と言った。

「1人ですか」

「1人のはずないでしょう。さとう珠緒ちゃんに似たきれいなお嬢さんを連れていましたよ」

「へえー。前に来たことがある娘ですか」

「はじめてだと思います。研修生とか言っていましたよ」

その話を聞いたところで、加藤氏の情報アンテナがピンと震えた。

加藤氏は、

「ショットバーで一杯やりませんか」

と大将を誘った。

大将は、

「そうですね。1、2杯だったらいいですよ」

と言って誘いに乗った。

2人は並木通りを少し歩いて雑居ビル2階のショットバーに入った。この店のバーテンダーはウオトカをベースにしたカクテルが上手だ。バーの重い扉を開けると薄暗い店内にブナの木を使った5メートルくらいのカウンターがある。2人はカウンターに並んで坐った。

「マスター。モスコーミュール」

と加藤主任分析官は頼んだ。大将も「僕も」と言った。

モスコーミュールは、ロシアの首都モスクワ（英語名でモスコー）でつくられたカクテルではない。アメリカ発のカクテルだ。ウオトカをベースにしてライムの絞り汁を入れて、ジンジャエールで割る。このショットバーでは銅製のマグカップでモスコーミュールを出す。ジンジャエールもまろやかな味のカナダドライと生姜の辛さが舌に残るウイルキンソンをブレンドにする。このバーテンダーがつくったモスコーミュールを飲むと、頭がくらくらしてくる。

「松岡さんが連れていたさとう珠緒ちゃんに似ていた研修生というのは、何語を研修していると言っていましたか」

「そんな話はしていなかったと思うよ。松岡さんは、女の子の腰に手を回していたけれど、女の子は困った顔をしてた。あまり男慣れしていないような気がしたよ」

「松岡首席事務官の悪い癖がまた出て食べちゃおうとしているんですかね」

「わからないね。でも恋人同士という雰囲気じゃなかった。外務省で出世するためのノウハウとかを話していたよ」

「つまらない話をするんですね」

加藤氏は、

「それで、松岡さんは自分のポケットからカネを払いましたか」

と尋ねた。

「そんなわけないじゃないか。日本人1人、外国人3人で、請求書を外務省に回してくれと言っていたよ」

「犯罪の臭いがしますね」

と加藤氏が言った。

加藤勝主任分析官は、公式の身分としては課長補佐であるが、実際には課長以上の権限をもっている。報償費も欧亜局長や国際情報局長と同じく月50万円の枠がある。しかも、50万円をはるかに超える出費をしても、会計課長が加藤主任分析官の出費については甘く、事実上、青天井でカネを使うことができるという。

実際、鮨屋の大将とショットバーで飲んだモスコーミュール代（合計で4杯なので800円）も加藤主任分析官が支払っているが、これも報償費から出ている。

公金で飲み歩いているということでは、松岡国雄首席事務官も加藤主任分析官も同じであるが、松岡氏は毎回、「ロシア大使館のガルシン参事官と意見交換のための会食」などという公文書偽造と詐欺という刑事犯罪を繰り返している。これに対して、加藤氏は、

「情報入手のため」と理由を書けば支出が認められる予算枠をもっているので、松岡氏のように犯罪に手を染めなくてもいいというわけだ。

松岡氏はキャリア官僚で、加藤氏はノンキャリアだ。入省年次も加藤氏のほうが2年若い。それにもかかわらず実質的権限は加藤氏のほうがある。身分制度が厳しい外務省ではありえないことだが、どうもこれには裏のカラクリがあるようだ。

これまで述べてきたことからでも、読者にはおわかりのように、外務省は腐りきっている。田中眞紀子氏が外務大臣時代に述べたように、まさに伏魔殿だ。組織としてさまざまな爆弾となるような不祥事を抱えている。

繰り返し強調しておくが、一昔前、霞が関（中央官庁）では、「自殺の大蔵（財務）、汚職の通産（経産）、不倫の外務」と言われていたが、現在は外務省が自殺、汚職、不倫の3冠王であるといってよい。

それでも外務省が国民から徹底的に叩かれるような状態にならないのは、外務省が裏で手を打っているからだ。

特に重要なのは、与党総会屋の役割を果たす政治家だ。外務官僚は、外務省の不祥事を揉み消してくれるような政治家に、秘密情報を流したり、ライバル政治家のスキャンダル情報を提供して味方に引き入れる。そして、外務省の予算や人員をつけるのに与党総会屋の政治家の力を借りる。たとえば報償費で数十万円の高級ワインを買って、内輪で飲んでいることがバレたりしたときの揉み消しに、こういう政治家の力を借りる。

加藤氏は、主任分析官という情報担当の衣に隠れて、実際は、外務省幹部の不祥事隠避《いんぴ》のために政治家の力を引き出す裏仕事をしている。このことについて、事実関係を知っているのは、西郷外務審議官以外は、外務事務次官と官房長だけだ。

加藤氏は、もともと与党総会屋のある有力政治家との連絡係をつとめていたが、次第に外務省に対してよりも、この政治家の側に立つ「企業舎弟」になってしまったという噂がある。

加藤氏ににらまれると、幹部職員でも、失脚させられるならばまだましで、自殺に追い込まれた者も何人かいるという。

それだけではない。加藤氏と敵対していた職員が海外出張中に不審死したことがあるが、どうも中東某国のネットワークを使って、暗殺させたのではないかという噂すら流れていた。

外務省内には「加藤機関」と通称される加藤主任分析官を長とする特命のインテリジェンス・チームが部局を横断して存在していた。

噂によると「加藤機関」は外務省内の主要部局にネットワークを張り巡らせているという。加藤機関のメンバーや行動の全体像を把握しているのは加藤主任分析官の上司で、外務省ロシア・スクールの大ボスである西郷外務審議官だけだという。

西郷審議官は、政治権力の中枢に食い込んでおり、どんなに汚い手を用いてもまず外務事務次官のポストを得て、それから政界に転出することを考えているという噂だ。西郷氏は、一見、ソフトに見えるが、極端な能力主義者で、無能な部下は、ゴミのような扱いをする。もっとも西郷氏に言わせると、

「能力のない人は、僕の視界から消えてしまうのです」

ということだ。

西郷氏の後ろ楯になっているのは、北海道開発庁長官、内閣官房副長官、自民党総務局長を歴任した実力派政治家という。この政治家に頼んで、外務省は種々の不祥事の揉み消

しをしてきた。その結果、この政治家にほとんどの外務省幹部は、酩酊した上での痴漢行為、報償費の流用、政府専用機を利用した高給ワインの密輸など恥部をすべて握られている。

もっとも西郷氏の場合、この政治家に弱みを握られてもよかった。西郷氏は資産家でカネには不自由していないし、恐妻家なので女性問題をめぐるスキャンダルもない。酒もめっぽう強いので、酔って失敗したこともない。

西郷審議官の夢は北方領土返還を実現して、日本外交に自分の名前を残すことだ。突き放して言えば、名誉欲が極端に肥大しているということであるが、カネや出世だけを追求する他の外務官僚よりはよほどましだ。

有力政治家、西郷審議官、加藤分析官は、プライベートでも波長がとても合うようだ。いつのころからか、外務省の人事や政策は、正規の局議や幹部会ではなく、この3人の、「悪のトライアングル」

によって決められているのではないかと噂されるようになった。

加藤主任分析官は、1991年のソ連崩壊をはさんでモスクワに8年近くも勤務して、ロシア社会の表と裏に通暁している。そして、カネや女で秘密警察に弱みを握られ、現在もロシア側の言いなりになっている外交官が誰であるかをだいたいつかんでいる。

松岡首席事務官は、加藤主任分析官に秘密を握られている1人だ。

KGB（旧ソ連国家保安委員会）のハニートラップ（色仕掛けの罠）に落ちた日本人外交官は何人もいる。しかし、松岡氏の場合、KGBだけでなくGRU（ロシア軍参謀本部諜報総局）の女性将校とも深い関係がある。この女性将校がジャーナリストに偽装して訪日したときに、松岡氏は外務省から防衛庁（当時）に出向していた。

防衛庁の内規では、ロシア人、それも軍の諜報関係者と接触するときは、事前に書類で上司に申請し、許可を得、接触したあとは、報告書を提出することが義務づけられている。もちろん、松岡氏がそのような手続きを守るはずがない。

松岡氏が甘いのは、公安警察がこの女性将校の動向をチェックし、松岡氏との不自然接触をつかんだことに気づかなかったことだ。

公安警察はこの情報を某通信社に流し、この通信社の記者がその話を西郷審議官に密告した。そのときから西郷審議官は、松岡氏に疑惑の目を向けていた。そして、加藤主任分

析官に対して、

「松岡に関する情報はすべて僕のところに上げてくれ」

と指示していた。加藤氏は松岡氏が美人研修生に何をしたのか本格的調査を始めた。

6

「加藤機関」のメンバーには、女性外交官も何人かいる。その内の1人は、少し旧《ふる》い表現になるが、梶山季之先生の小説によく出てくる小柄でも均整がとれたスタイルで、女としての「機能」にも優れているトランジスタ・グラマーだ。その昔、日本製小型トランジスタ・ラジオの性能がよかったことにちなんでつけられた流行語だ。

今回、松岡首席事務官が食べてしまった美人研修生の大学の先輩が、トランジスタ・グラマー外交官だった。彼女はスタイルの均整がとれているだけでなく、小悪魔的美人だ。

銀座のやり手チーママのような性格をしている。ヤラセそうな雰囲気を醸しだすが、絶対にヤラセない。お客を店に足繁く通わせ、財布から吸い取れるだけ吸い取ることがうまいホステスのように、ロシア人政治家や高級官僚を巧みに手玉にとってよい情報を取ってくる。

外務省の局長級幹部で、ダンスパーティーで、どさくさに紛れてトランジスタ・グラマー外交官のオッパイをモミモミして、おまけに左の耳たぶを噛んだ間抜けがいた。トランジスタ・グラマー外交官は、腹を立てたが、直接抗議をしても嫌がらせをされるだけなので、陰険な復讐策を練った。局長級幹部の周辺に情報網を張り巡らせ、中国人ホステスにこの幹部が熱中しているという情報をつかんだ。しかもこのホステスは中国の公安筋と関係があると言われている筋の悪い女だ。

もちろん、幹部はホステスとのデート代を公費につけ回している。

幹部の秘書から、

「町田さん（仮名）は、どのレストランでよく食事をしているの」

とさりげなく聞き出し、約7割の確率で六本木の高級焼肉店でデートをしているという情報をつかんだ。もちろん焼肉でつけた精力を、その後、ホテルで発散していることは言うまでもないことだ。

トランジスタ・グラマー外交官は、幹部がよく出没する焼肉店の名称と住所、さらに、

「中国の公安筋と関係があるホステスと外務省局長級幹部が不適切な関係にあるという情報があります」

と書いたファックスを、コンビニから写真週刊誌編集部に流した。

それから2カ月もしないうちに、その幹部が中国人ホステスと親しげに手をつないでいる粒子の粗い写真が、写真週刊誌に掲載され、幹部は失脚した。

トランジスタ・グラマー外交官には、天性の謀略能力が備わっている。加藤主任分析官は、彼女の能力を、幹部に対する復讐といった次元でなく、外交上の謀略に使うことができないかと考え、加藤機関のメンバーに加えた。

加藤氏は、トランジスタ・グラマー外交官を呼び、

「美人研修生にうまく接触して、松岡との関係について調べてくれ」

と依頼した。

1週間もしないうちに、トランジスタ・グラマー外交官から報告があった。

「加藤さん、ほんとうにひどい話です。松岡のやっていることは、レイプ、公金横領など

で刑事告発に値します」

と言って、話を始めた。

トランジスタ・グラマー外交官が加藤主任分析官に、松岡首席事務官について調査した結果を報告した。以下はその報告の内容だ。

〈松岡氏は、視聴覚室で美人研修生をレイプしたあと、愛人にしようと何度か誘いかけたが、その後、彼女は誘いにのらず、松岡氏との関係も疎遠になったという。

実は、美人研修生は、外務省大臣官房在外公館課の庶務班に勤務する高校卒の村田光子（仮名）という女性事務官に呼び出され、松岡氏とのことで、

「私のカレに手を出さないで」

と牽制をかけられたからである。

そこで美人研修生は、

「松岡首席事務官はあちこちで部下に手をつけているんだ」

ということを実感し、

「あれは私にスキがあったからいけなかった。悪い夢を見たと思って忘れてしまおう」

と決め、松岡氏の誘いを一切拒絶するようになったという。〉

トランジスタ・グラマー外交官は更に村田光子について調査をしたところ、次の事実が判明した。

〈村田事務官は、「レッサーパンダ」というあだ名だ。見た目はグラビアアイドルの川村ゆきえに似た女子高校生のような可愛い感じなのだが、実にずるい性格をしている。レッサーパンダは、可愛い顔をしているが、お腹は真っ黒だから、そういうあだ名がついた。

もちろん外務省で仕事を始めたときは村田嬢も処女だったが、松岡氏にレイプされたあと、人間が変わったというか、性悪な性格の地金が出てきた。松岡氏のセックスと赤ちゃんプレイに付き合う代償として、飲み食いだけでなく、報償費で服やバッグを買ってもらう。松岡氏は、

「ロシア高官の夫人への贈呈品」

という決裁書を書けば、公費からいくらでもカネを引き出すことができる。それだけではない。松岡氏がワシントンの日本大使館に赴任したときは、お手つきの村田嬢も同じ職場に赴任させたのである。〉

トランジスタ・グラマー外交官は、加藤主任分析官に、

「レイプ、公金横領、公文書偽造、人事をめぐる職権濫用など松岡首席事務官のやっていることはすべて刑事告発に値する犯罪です」

と憤って報告した。

もっともレイプや公文書偽造、お手つきの庶務職員や不正蓄財に長《た》けた会計専門家をキャリア職員が同じ大使館に赴任させることはよくあるので、外務省の文化では、松岡氏が極端に異常な行動をしているわけではない。少し羽目を外したくらいだ。

トランジスタ・グラマー外交官は加藤氏に対して、

「こういうことが繰り返されると女性職員の士気が衰えます。研修生を説得して、人事課に行かせようと思います。事実関係を明らかにして、松岡首席事務官を処分させるべきと思います」

と強い口調で言った。

加藤主任分析官は、

「まあちょっと待て。人事課は基本的に幹部の味方だ。松岡を訴えても、逆に研修生のほ

うに不利益があるとおもう。こういうときは、上から捻ることだ。僕から西郷外務審議官に君からの情報を入れ、相談してみる」

と言った。

「上から捻《ねじ》る」とは、外務省幹部や政治家から松岡氏、あるいは松岡氏の上司である東田ユーラシア課長に圧力をかけるということだ。松岡氏、東田氏のようにはらわたの腐りきった外務官僚は、上からの圧力に弱い。加藤氏はこういったキャリア官僚の性格をつかんだ上で、陰険かつもっとも効果的な手法をとる。

加藤主任分析官は、西郷外務審議官に、

「ちょっと面倒な話があります。ゆっくりご相談したいのです」

と電話をかけた。

西郷外務審議官は、赤坂の会員制クラブを指定した。

西郷氏はいくつかの会員制クラブに加盟しているが、このクラブはバニーガールがサービスしてくれるので、一見、高級そうに見えるが、実際は適正価格でスコッチウイスキーやフランスワインを提供してくれる店だ。このクラブには裏がある。実はオーナーが旧日本陸軍の情報将校で、しかも相当深い秘密作戦に従事した特殊部隊の出身なのである。平たく言えば、スパイだ。その伝統を引いているので、このクラブには外交官や自衛隊の将官が多い。

加藤主任分析官は、松岡首席事務官がロシア語の美人研修生をレイプした件を詳細に説明した。西郷氏は、

「そうですか。ひどいですね。こういう奴は他にも余罪があるでしょう」

と言った。

加藤氏は、部下のトランジスタ・グラマー外交官から聞いた、松岡氏の愛人・村田光子事務官の話をした。

「最初は、松岡が村田をレイプしたのですが、村田もなかなかしたたかです。『倫理に時効はない』と松岡を揺さぶって、報償費をつまむだけでなく、人事でも相当優遇されています」

と言った。

西郷氏は、

「わかりました。とりあえず君は何もせずに、様子見をしていればいいです。まずロシア語の研修生については、東京にいるうちに松岡のような愚劣な男に1回くらいひどい目に遭わされたことも必ずしも無駄にはならないでしょう。専門職（ノンキャリア）の外交官で、試験の点数だけで決めると男女比はどれくらいになると思いますか」

と言った。

加藤主任分析官が、

「わかりませんが、五分五分くらいでしょうか」

と答えた。

西郷氏は、

「そうじゃありません。8割が女性になります。しかし、実際には女性外交官の比率は4割以下に抑えるようにしています。点数だけで優秀な学生を採っても、10年後にまともな外交官に育つ女性は少ないからです。その多くがセックスで失敗しています。学生時代、男遊びをせずに外務省に入ってきて、東京にいる間に男友だちができないと、在外研修中に外国人の男にひっかかる例が多いんです。とくに旧共産圏や中国の場合、ひっかかった男の後ろに秘密警察が控えている場合が多い。そういうことを考えると、東京で少し痛い目に遭っておいたほうが中長期的には研修生のためになるかもしれません」

と言った。

「確かに西郷外務審議官の言うとおりだ」と加藤勝主任分析官は思った。レイプを黙認する滅茶苦茶な論理であるが、確かに外務省の実情からすればそうなのだろう。

加藤主任分析官は、

「それにしても、松岡はそろそろ整理してしまったほうがいいんじゃないでしょうか。特に報償費の不正使用が表に出るとヤバイんじゃないでしょうか」

と言った。

繰り返すが、外務省内で松岡国雄ユーラシア課首席事務官は、

「殺人以外のすべての犯罪に手を染めた男」

と言われている。

加藤チームのトランジスタ・グラマー外交官が調査しただけでも、レイプ、傷害（酔っ

た席で部下にビンタした）、公金横領、公文書偽造、詐欺などの刑事犯罪から、パワハラ、セクハラのオンパレードだ。そのような、松岡氏が、いくら伏魔殿と呼ばれている外務省においても、これまで処分されなかったことが不思議でならない。

西郷審議官は、

「しばらく泳がせておきなさい。加藤君は松岡の背後に誰がいるかわかっているんですか」と加藤氏の目を見つめて質《ただ》した。

加藤主任分析官は、

「知りません。いったい誰が松岡の後ろについているのですか」

と尋ねた。

西郷氏は、一呼吸置いて、

「竹田紀夫インドネシア大使（仮名）です」

と答えた。

竹田大使は京都大学出身だ。ちょうど学園紛争で東京大学の入学試験が中止になったときに京大に入った。経済協力畑が長くＯＤＡ（政府開発援助）に深く関与している。もちろん利権まみれだ。日本がアメリカに追随することしか考えない。

「アメリカさんのクソがついたケツを私がちり紙で拭きます。金袋（睾丸）も洗わせてください」

という哲学の持ち主だ。

平気で義理や人情を欠く。しかも恥をかくような行動をする。もっとも外務省では、義理・人情・恥をかく「3カク外交官」が出世する。

北海道・沖縄開発庁長官、内閣官房副長官、自民党総務局長をつとめた実力派政治家の前で、総合外交政策局長をつとめていた竹田氏が、

「ぜひ、私を次官にしてください」

と土下座したことも有名な話だ。

もっとも、この実力派政治家は、苦労人なので、このような露骨な猟官運動をする官僚を遠ざける。結局、この土下座が裏目に出た。総合外交政策局長は外務事務次官や駐米大使につながる最右翼のポストであるが、竹田氏はインドネシア大使に左遷させられた。もっともインドネシアでは、ＯＤＡ関連企業から公務員として不適切な接待を（人目に付か

ない貸し切り別荘で）山ほど受けて、しかもカネも相当つまんでいるので、それなりに利益は得ている。

有力政治家は、欧州局長だった西郷氏を2階級特進で外務審議官に昇進させた。竹田氏はそのことが面白くない。何とか西郷氏を失脚させて、自分が外務事務次官に就任する機会を虎視眈々と狙っている。

西郷氏は、北方領土交渉の手腕が買われて外務審議官に就任した。裏返して言うならば、北方領土交渉が頓挫すれば、西郷氏は失脚する。松岡氏もロシア・スクールの外交官だが、ロシア語もできず、尊大なので、周囲から蛇蝎のごとく嫌われている。そういう松岡氏だから、竹田大使には利用価値があるのだ。

外務省には、声を暗号に変換する特殊装置がついた特別の電話がある。松岡氏は、毎日、竹田大使と電話で連絡をとっている。もっとも、松岡氏がいつも使う電話には西郷氏に近い電子技術に詳しい電信官が録音装置をつけているので、竹田氏と松岡氏の会話の内容を西郷氏はすべて掌握しているのだ。

西郷外務審議官は、

「竹田インドネシア大使に近い松岡首席事務官の悪事に関する情報は、すべて握っておくのです。竹田大使の後ろには聖和会がついている」

と言った。

聖和会は自民党の派閥で、戦後レジームの総決算を訴えている。外交は、親米主義で、アメリカとの関係さえうまくいっていれば、中国やロシアは無視してもかまわないと考えている。

これに対して西郷氏の盟友関係にある北海道・沖縄開発庁長官、自民党総務局長をつとめた実力派政治家は、経政会幹部だ。経政会は過去30年近く権力の中心にいた。いわゆる利権政治家の集団だ。外交についてはイデオロギーにとらわれず、是々非々での国際協調路線をとる。北方領土の日本への返還が実現し、日露平和条約が締結されれば日露の経済協力の障害がなくなる。サハリンの石油、天然ガス開発に日本が積極的に参加し、中東への依存度を減らし、日本がアメリカに過度に従属している現状を改めようと経政会の政治家たちは考えている。

聖和会から総理が出れば竹田氏がインドネシアから外務本省に呼び戻され、事務次官になる。経政会から総理が出れば西郷外務審議官が事務次官に昇進する。本書の読者や国民から見れば、どうでもよい話だが、本人たちは、自分が外務事務次官にならなくては日本国家が崩壊すると主観的に思い込んでいる。官僚の職業的良心は出世であるので、このような「勘違い」を矯正することは不可能だ。そして、竹田氏が松岡首席事務官、西郷氏が加藤主任分析官という子分をもっているのだ。

松岡氏は、レイプ、暴行、公金横領など犯罪の帝王のような人物だが、その利権構造に連なろうとする腐敗官僚を周辺に集めているので、それなりに力がある。

加藤主任分析官は、学者肌（現に東京大学で教鞭をとっている。かつてはモスクワ国立大学の客員教授もつとめた）で、セックス、カネのスキャンダルはない。もっとも、女についてはバレないようにうまくやっているだけだ。また、カネについても、加藤氏は、高級ホテルのレストランや料亭での飲み食いを含め青天井で報償費を使う権限を与えられているので、松岡氏のように苦労して裏金をつくる必要はないだけで、特権濫用体質は同じようなものだ。加藤氏はカルバン派のキリスト教徒なので、性的に平均的外務官僚よりは禁欲的だが、権力闘争で相手を徹底的に叩きのめすことに快感を覚える人物だ。カルバンが異端者を火あぶりにするのを好んだのに似ている。人間としては加藤氏のほうが陰険だ。西郷氏は、加藤氏の「陰険力」を評価して番頭にしたのだ。

西郷外務審議官は、

「竹田大使が事務次官になることだけは国益のためになんとしてでも阻止しなくてはなりません。ですから、それまで松岡のスキャンダルはためておくのです。そしてタイミングを見て、週刊誌に情報を流すのです」

と加藤氏に言った。

レイプ、公金横領などの犯罪が発覚しても、それを摘発し、綱紀粛正などは考えない。権力闘争に利用していこうとするするのが伏魔殿外務省の文化なのだ。文化は一朝一夕には変化しない。

家事補助員は見た

1

私がモスクワの日本大使館の秋月幸一郎公使（仮名）の家事補助員として勤務するようになったのは、ちょっとした偶然と好奇心からでした。もう25年近く前のことになりますが、あのときの変わった体験について告白したいと思います。

あの頃は、ロシアではなく、共産主義のソ連という国がありました。ソ連の建国の父であるレーニンは、資本主義国の外交官はみんなスパイだと言いました。日本の外交官たちは、外交官専用住宅に固まって住んでいました。住宅は3メートルくらいの高い塀で囲《かこ》われていて、出入口は1カ所しかありません。そして、出入口には警察官が24時間詰めているボックスがあります。警察官が詰めているのは、外交官専用住宅に不審者が侵入して、トラブルがあるといけないという建前です。しかし、実際にはこの警察官たちはKGB（国家保安委員会）に所属している秘密警察の職員だといいます。

モスクワで大使館が家政婦を雇うことはできます。しかし、それはソ連外務省に付属したウポデカ（外交官世話部）を通じてしか申し込むことができません。ウポデカから送り込まれる家政婦は、KGBのひも付きであることが多いといいます。そのため、大使館の幹部職員は、日本から家事補助員を連れて行くことができました。往復の航空運賃は外務省から支給されます。パスポートも普通の海外旅行のときに使うものではなく、外交旅券が支給されます。私の給料は、秋月公使が払いました。月15万円でしたが、住宅が保障された上、ロシア語の勉強もできるので、それほど悪い条件とは思いませんでした。もっとも、15万円の中に秋月公使とセックスするお手当まで含まれていたわけですから、これじゃちょっと安かったような気もします。もっとも、秋月さんのおかげで、私もかなり蓄財したので文句は言えません。

日本の外交官はとってもお金持ちなんです。秋月公使は48歳で、本給は50万円くらいですが、それに加えて80万円の在外手当が出ます。これは外交官としての社交や、体面を維持するための経費ですが、精算義務がありません。使わなければ、それがそのままポケットに残ることになります。それに税金もかかりません。だから、このお金を仕事に使わずに貯め込む人がたくさんいます。だから、外務省の職員は、他の公務員と違って、都心に高級マンションや郊外に一戸建ての家を買うことができるのです。多分、他の役所と比較して、外務省職員の生涯給与は2倍以上あると思います。そうそう、それからモスクワでは、住居手当が１００万円まで支給されます。大使館員は全員、ただで高級マンションを貸与されているわけです。私もモスクワ大学の近くのロモノソフスキー通りに２ＤＫのマンションを与えられました。

私が家事補助員としてモスクワに行くことになったのは、いくつかの偶然が重なってのことです。私は大学の第二外国語でロシア語を勉強しました。本来の専攻は文化人類学だったのですが、あまり関心がもてず、大学院は別の大学でロシア文学を専攻しました。大学院に入ると、ロシア文学科や外国語大学でロシア語を専攻した人たちと較べ、どうしてもロシア語力が不足するので、何とか手当てをしたいと考えていました。そんなときに大学院の同級生の男子学生から、「親戚の外交官がモスクワに赴任するので、家事補助員を求めている。家事補助員といっても、中学校2年生になる娘の家庭教師が主な仕事で、掃除や洗濯をすることはない。モスクワではロシア語学校に通うこともできる」という話を聞きました。私が「いい条件じゃない。どうしてあなたが行かないの?」と尋ねると、同級生は、「外務省は親戚を家事補助員に採用したがらないんだ。それに、娘の家庭教師に男をつけることを父親が嫌がっている」と言いました。

いまから考えてみると、秋月公使は、女性には見境なく手を出す性格ですから、男の家庭教師だときっと自分の娘に手を出すんじゃないかと心配したんだと思います。

秋月公使と初めて会ったのは、外務省の中にある「あかね」という喫茶店でした。地下鉄丸ノ内線を霞が関駅で降りて、東口の正面玄関に行きました。きれいな受付のお姉さんが2人並んでいました。面会票に、「外務大臣官房在外公館課長・秋月幸一郎」と書いて渡すと、受付のお姉さんが電話をしました。そして、面会票に判子を押して、「ここをまっすぐ行った先の階段をひとつ上がったところに『あかね』という喫茶店があります。そこでお待ち下さい」と私に言いました。中に入るにもいちいちチェックが厳重だ、これが中央官庁なのだと私は少し緊張しました。

「あかね」は外務省北館の2階にありました。店に入ると、まだ午後3時過ぎで、勤務時間中だというのに、タバコを吸って新聞や週刊誌を読んでいる職員がけっこういたので驚きました。この喫茶店は、1960年代をほうふつさせるようなレトロなつくりでした。

秋月さんからは、午後3時15分に外務省に来るようにと言われていました。コーヒーを飲みながら秋月さんを待っていましたが、なかなか来ません。30分待っても来ません。「もしかしたら急用ができたのかもしれない」と思ったのですが、秋月さんの電話番号を私は知らないので、そのまま喫茶店の赤いソファーに坐って待っていました。そうすると私の前に、「君が田崎ゆかり君（仮名）だね」と言って、身長170センチくらいで、色が浅黒く、少し肥《ふと》った人が現れました。年齢は50歳少し手前のような感じです。襟と袖口は白ですが、身ごろに水色のストライプの入ったシャツを着ています。プラチナのカフスボタンをつけています。スーツは、明らかに外国の仕立てのもので、エルメスの子犬の動物柄ネクタイをつけています。

椅子に坐ると、ウエイトレスの中年女性に「カフェオーレをもってきて。支払いは課につけておいて」と横柄な口調で言いました。

秋月さんは、舐め回すようないやらしい目で私の顔や胸元を見ます。私は、身長は155センチですが、プロポーションには自信があります。大学の先生が酔っ払って私に「ゆかりちゃんは、梶山季之の小説にでてくるトランジスタ・グラマーだね」と言ったことがあります。トランジスタ・グラマーなんて言葉は聞いたことがないので、どういう意味かと尋ねると、小柄で痩せているけれど、胸とお尻はきっちりと出ている女の子のことを指すという話でした。

秋月さんは、私の胸元をずっと見ています。

「秋月幸一郎です。モスクワに行くのは、いまから2カ月くらいあと、8月末になるけれど、その時期に出発できますか」

「大丈夫です。大学院は休学の手続きをとります」

「大学院は、いま何年目?」

「2年目ですけど、修士論文はもう1年勉強して書きたいと思っています」

「ロシア語はどれくらい勉強したの？」

「大学の第二外国語で2年間と、その後、専門課程では講読の授業をとりました。大学院ではほぼ毎日ロシア語を使っています」

「そうか」と言って、秋月さんは、

「Пожалуйста, расскажите немножко о себе!」

とロシア語で早口で言いました。

よく聞き取れなかったので、私は「もう一度言ってください」と言いました。そうすると秋月さんは、今度はゆっくりと同じ言葉を繰り返しました。「自分自身について、少し説明してください」という意味のロシア語でした。大学の語学会話の授業以外でロシア語を話すことはほとんどないのですが、つっかえながら、自己紹介をしました。そうすると秋月さんは、「それくらいロシア語を話すことができれば、日常生活には不自由しない。ロシア人の男を口説《くど》くことだってできるよ」と言いました。私は、自分のロシア語力を褒《ほ》められて、嬉しい気分になりました。

すると秋月さんが、「少し立ち入ったことを聞いてもいいかな」と言いました。私は「どうぞ」と答えました。

「ゆかりちゃんには、いま付き合っている恋人はいるのかな」

彼氏はいましたが、半年前に別れていました。大学の先輩で、いまは大学の文化人類学の教授をしています。付き合っているときは、週に2、3回、私のワンルームマンションに訪ねてきて泊まりました。成績がよい先輩で、ちょっと子どもっぽいところがあるのも可愛いと思って付き合いだしました。私が大学3年生のときです。初体験（ロストバージン）は、この彼とでした。

最初は気づかなかったのですが、この人がひどいマザコンなんです。私が食事を作っても、「ママと味付けが違う」とか「うちではこうしない」と文句ばかりつけるんです。それから、大学で主任教授とうまくいっておらず、私のマンションにやってきても、「僕は能力があるのに、それが正当に評価されていない」と愚痴ばかりこぼすので、私もだんだん話を聞くのが面倒になってきました。私が出身大学ではなく、別の大学の大学院に進んだのも、いまになって思うと、大学院で彼と顔を合わせるのが嫌だという心理があったからだと思います。

彼に対する違和感が、嫌悪に変わったのは、いまから1年くらい前のことでしょうか。梅雨の頃の出来事でした。私のマンションにやってきた彼が、部屋に来るなり突然、私に抱きついて、「ゆかりちゃん、僕のアタマを撫で撫でしてちょうだい。それで『いい子、いい子』と言ってちょうだい」と言い出したんです。少しお酒の臭《にお》いがします。ちょっと気味悪い感じがしましたが、彼の言うとおりにしました。そして、「どうしたの。毅さん(仮名)、大学で何かあったの」と尋ねると、「僕じゃない奴が今度、専任講師になる。僕は大学に残ることができない」と言って、泣きだしました。「僕のほうが中村より絶対に頭がいい。ゆかりちゃんもそう思うだろう」と、ライバルの名前を出して言うんです。

ライバルになっている助手の中村さんも私の先輩で、私の研究の相談にもよく乗ってくれる人なので、「他人の悪口を言うのはよくないわよ」と少し強い口調でたしなめました。そうすると、いままで涙を流して、私に頭を撫でられていた彼の目がすわって、ドスの利《き》いた声で、「君は僕よりもアイツのほうが頭がいいと思うのか」と言うんです。私が、「そんなことはないわよ。ただ、他人のことを悪く言うのは、私は好きじゃない」と答えたら、彼は激昂して立ち上がりました。「じつはお前はアイツとヤッたことがあるんだろう。オレは昔からおかしいと思っていたんだ」と私を詰《なじ》るんです。

私は、「何てことを言うの。いいかげんにしてちょうだい！」と強い調子で言い返しました。すると毅さんは、興奮して、いきなり私のTシャツをめくり上げて、ブラジャーを引き剝がしました。

「お前は、このおっぱいを中村に吸わせたんだろう」と言って、右手で私の左の乳房を思いっきり握りしめました。

「痛い。やめて」と言うと、ますます興奮して、右手で左の乳房を握りしめたまま、右の乳首に吸い付きました。最初のうちは、乳首を吸うだけだったんですけど、そのうち歯を立ててくるんです。それも甘噛みではなくて、本気で力を入れてくるんです。私が、「痛い。毅さん、いいかげんにして」と言って、彼を突き放しました。

そうすると毅さんは怒り狂って、私に襲いかかってきました。私のジーンズのボタンを外し、ジッパーを引き下ろして、力まかせにジーンズとパンティを脱がそうとするんです。

私のマンションは学生用なので、壁も薄いのです。大声を出して騒動になるのも嫌なので、抑えた声で、「毅さん、いいかげんにして。今日は帰って」と言いました。それでも、彼は私の言うことなど聞かずに、力で私の下半身を剝き出しにしてしまいました。

彼は、ポロシャツとズボンとブリーフを15秒ぐらいで脱ぎ捨てて、私に覆い被さってきました。カレの分身は、興奮して勃起しているんですけれど、10センチくらいしかありません。たいして太くもないのですが、とても硬いんです。力まかせに私の脚を開き、分身を挿入しようとしてきます。すでに2年付き合っているので、毅さんとのセックスには慣れていたはずなのですが、このときは怖くて身体が開きませんでした。そこを彼は力まかせに押してくるんです。男が本気になると、女の力では抑えることができません。

結局、彼の分身は、私の乾いているあそこに無理矢理入ってきました。痛いのと、怖いのとが合わさり、何か爬虫類と交尾しているようで、とても気持ちが悪くなりました。彼は私の中に入って、激しく身体を揺すったかと思うと、突然、私から離れました。

そして今度は、「ぼくは何てことをしてしまったんだ。ゆかりちゃん、赦《ゆる》してくれ」と言って、泣きだしました。私が黙っていると、毅さんは服を着て、部屋を出ていきました。

私は気持ちが悪くなって、トイレに駆け込んで吐きました。

それからも、毅さんは何事もなかったように、私のマンションを訪ねてきたのですが、私は、爬虫類がそばに寄ってくるようで、以前のような親しみを感じることはできなくなっていました。そして、彼が私を求めてきても、「疲れている」と言って、寝たふりをするようになりました。それでも3回に1回くらいは、毅さんは無理矢理、私に分身を押し込んできましたが、私は極力反応しないようにしました。

こういう態度を続けていると、彼のほうも、私のマンションに訪ねてこなくなりました。半年ほど前、喫茶店でデートをしているときに、「こんな関係を続けていても、2人ともダメになってしまうから、別れよう」と言うと、毅さんは大粒の涙をこぼしながら、「いつか、ゆかりちゃんにそう言われるんじゃないかと思っていた。僕はゆかりちゃんに嫌われちゃったんだね」と言いました。私が、「あなたを嫌いになったのではなくて、お互いの人生にとって別れたほうがいいと思う」と言うと、彼は泣きやんで、「僕は嫌われていないと信じていいんだね」と念を押しました。

ほんとうの気持ちを言うと、私にとって毅さんは、好きとか嫌いとかいった範疇を超えた、爬虫類のような気持ちの悪い存在になっていたのです。また興奮して襲いかかってくるといけないと思い、私は「毅さんのことを嫌ったりしてはいないわ。大丈夫よ」と言ったのでした。

毅さんを見て、私は、男はこんなによく泣く生き物なのかと不思議に思いましたが、のちにモスクワの日本大使館で、私とセックスをすることになる秋月さんもよく泣きました。毅さんは、その後、大学に残って、いまでは有名教授となって、テレビにもよく出ています。何でも学会のドン（首領）と言われた教授の娘と結婚し、その力もあって、現在の地位を築いたようです。

2

秋月さんから、「いま付き合っている恋人がいるのかな」という想定外の質問をされ、元カレのことを思い出して、すぐに返事をしないでいると、秋月さんは、「変な好奇心から聞いているんじゃないんだ。実は、モスクワで生活する場合、男の問題は結構重要なんだ。君はバージンなのか」と尋ねました。

「付き合っている人はいましたが、半年前に別れました」と私は答えました。

「男をすでに知っているのはいいことだ。バージンでモスクワに行って、そこで男をはじめて知ると結構、面倒なことになる」と秋月さんは言いました。そして、「とにかく、どこに行っても秘密警察の眼が光っている。ロシア人の男を恋人にすると、あとで秘密警察が必ず出てくるので、それだけはやめてもらいたい。男が欲しくなったら、モスクワの日本人社会の中で、うまくやればいい。特に大使館関係者ならばトラブルになることはない」と続けました。

いまになって考えると、これは秋月さんが、私を「お手つき」にしようという下心があって言ったことだと思うのですが、そのときは、「ちょっと変わったことを言う人だなぁ」というくらいで、特に身の危険は感じませんでした。

それから、秋月さんは、「君たち家事補助員は通常、公用旅券なんだけれども、モスクワの場合は特殊だから、外交旅券を発給することになる。ビザ（査証）も外交官と同じになる。詳しくは国際交流サービスに行って聞くといい。それじゃ、あとは国際交流サービスの人と連絡を取って」と言って、喫茶店から出ていきました。

「イークサ（IHCSA, International Hospitality and Conference Service Association）」とも呼ばれる社団法人国際交流サービス協会は、外務省の外郭団体です。外務省庁舎の別館に事務所があることからもわかるように、実態は外務省の一部です。

ここから大学生のアルバイトを派遣員として、あちこちの国に送っています。派遣員は大使館や総領事館の「補助業務」にあたるということになっています。補助業務とは、現地のタイピスト、運転手の管理や大使館の建物の保守や、税関手続きの手伝いなどという建前になっています。もちろんそういう仕事もするのですが、それ以外にも国会議員や東京から出張してきた外務省担当の「霞クラブ」の記者たちを売春クラブに連れて行くといった、いかがわしい接待をするのも派遣員の仕事です。

モスクワの派遣員の人たちと私は年齢も近く、大学でロシア語を勉強したという共通点もあるので、すぐに親しくなりました。そのときに外交官たちの信じられないような生態について、いろいろな話を聞きました。

国際交流サービス協会に行って驚いたのは、まず支度に使うようにと10万円をもらったことです。特に領収書も書きませんでした。当時、外務省関係者が出張するときは、予算は正規料金でとり、実際にはディスカウント・チケットを使って、場所によって異なりますが、1人当たり20~30万円の裏金をつくるのです。秋月さんの場合、家族4人と家事補助員の私の5人分の航空券を正規に買ったことにして裏金をつくるので、150万円くらいを浮かすことができたと思います。その「お裾分《すそわ》け」として、私のところにも10万円が回ってきたのです。思えば、私が外務省から受け取った裏金の第1号がこの10万円でした。

モスクワに出かけるので、語学学校でロシア語の集中授業を受け、出発の準備をしているうちに2カ月が過ぎました。モスクワへは、秋月さんの家族と一緒に赴任しました。家事補助員は、大使館員と一緒に赴任しないと旅費が外務省から支給されないからです。秋月さん一家はビジネス・クラスで、私はエコノミー・クラスでした。

外務省の人たちは、人間を等級で分けるのがとても好きなのです。大使館でも偉い順に特命全権大使、特命全権公使、公使、参事官、一等書記官、二等書記官、三等書記官、外交官補、一等理事官、二等理事官、三等理事官、副理事官となっています。

一等理事官以下は、外務公務員上級職員試験（現在では国家公務員Ⅰ種試験）、いわゆるキャリア試験に合格したのではないノンキャリアのポストです。

年輩の人たちの話では、昔の外務省ではもっと差別があったようです。キャリアは飛行機で赴任しますが、ノンキャリアの外交官本人は飛行機で赴任しても、その家族は船を使うようになっていたそうです。また、ノンキャリアの職員は、チョッキを着てはいけないとか、机のアクリル板の下に緑色のフエルト布を敷いてはいけないなどの不文律があったそうです。

もっとも、そういうことをしていると、語学の上手なノンキャリアが、キャリアに重要な情報を教えないといった類の意地悪をするので、だんだん露骨な差別はなくなってきたといいます。

大使館で部下の女性にすぐ手を出すのは、キャリア職員のほうが多かったと思います。キャリア職員のほうが裏金もたくさんもっているし、人事でも好きなポストに送ることができるからです。私のような家事補助員の場合は、外務省の人事は関係ないので、「身体を張って」というか「身体を売って」というか、そこまでしてキャリア職員の愛人になる大使館の若手女性職員の気持ちは、最初、よくわかりませんでした。しかし、そのカラクリを聞いて、人事には大きな意味があることがわかりました。

20代後半、私より少し年上で、高校を卒業して国家公務員初級試験（現在の国家公務員Ⅲ種試験）に合格した人の給料は、月15万円くらいです。ボーナスを入れても年収250万円に手が届くことはありません。

それがモスクワに来ると、同じような仕事をしていて、本給と別に在外手当という第二給与をもらうんです。その額が半端ではなく、月に30万円ももらえるんです。それ以外に、住宅手当として月に25万円までの実費が出ます。しかも、この在外手当と住宅手当には税金がかかりません。在外手当は、仕事のために使う経費ということになっていますが、一切精算しないでいい「渡し切り」のお金なのです。だから、外務省の人たちは蓄財に励みます。20代後半の高校卒の職員でも、年に600万円くらいは貯金できます。30代のキャリア職員ならば、年に1000万円貯め込むこともできるでしょう。

現に清井（スティルマン）美紀恵さんというキャリアの女性職員が、40代で世田谷にマンション、目黒に一戸建て住宅、千葉の勝浦に一戸建て別荘、フランスのパリにマンションを買ったということを自慢した本を出しました。このお金はすべて外務省の仕事で得たもので、株や先物の取引をして儲けたものではありません（スティルマン・清井美紀恵『女ひとり家四軒持つ中毒記』マガジンハウス・2000年刊、参照）。

清井さんはこう言っています。

「海外勤務手当のお陰で、外国に住んでいる時だけ広い家に住むなんて、日本の貧しさの裏返しではないか」

「そして一四〇〇万フラン、約二八〇〇万円は約四年あまりで全額払い終えた」

「この国の住宅政策のお粗末さには驚き、怒り、そしてあきれることばかりだ。それを乗り越えようとしない庶民のふがいなさにはさらに打ちひしがれる」

清井さんが、40代で家を4軒買った原資は、すべて日本国民の税金から出ているのですが、そんなことはまったく気にしていないというのが外務官僚の文化です。

清井さんのような人が外務省では普通なのです。

秋月公使の場合、本給は年に1000万円を少し越えたくらいですが、それとほぼ同額の在外手当が入ります。もちろん無税です。さらに住宅手当として年1200万円が支給されます。ほかに子女教育手当や健康管理休暇手当が支給されるので、年収は少なく見積もっても3500万円くらいになります。ただし、これは表のカネです。モスクワの日本大使館には、「ルーブル委員会」という裏金組織がありました。これは秘密の扉に閉ざされた秘密組織のようで、私にも全貌はよくわかりません。あとで私が直接、見聞きした話だけを告白したいと思います。

みなさんもおわかりのことと思いますが、外務省職員は日本国内にいるときは、ただのお役人さんですが、外国に行くとものすごく稼ぐことができるんです。何もしなくてもザクザクお金が入ってきます。秋月公使の年収は、東証一部上場企業の代表取締役と変わりません。それに外交特権があって、150万円でVOLVOの高級車が買えるし、メルセデスやBMWだって200万円ちょっとあれば十分です。車を売却して得たルーブルを裏金組織「ルーブル委員会」に通すと、簡単に200~300万円儲かるのです。それに外交特権を使って缶ビールを1缶50円、シーバス・リーガルのウイスキーでも600円くらいで買うことができるんです。だから、日本にいるときよりもずっと少ない支出で贅沢ができるのです。

若い女性職員で、大使館の幹部の愛人になっておくと、人事異動のときに仕事が楽で給与がいい大使館に送ってもらうことができます。たとえば、モスクワに3年勤務するということは、20代後半の職員にとって、表金だけでも1800万円くらいの貯金ができるということです。

3

8月末に、秋月公使一家とともにモスクワのシェレメチェボ第2空港に着いたときのことを、いまでも私はよく覚えています。空港のパスポートコントロールには長い行列ができています。普通、ここで1時間近く待つといいます。ただし、外交官には、専用の窓口があるので、そこには行列がありません。緑色の帽子を被った入国係官が私の顔を見て、ロシア語で、「長期滞在ですか」と尋ねました。私が「はい、そうです」と答えると、係官はどこかに電話をかけました。あとで秋月公使が、「緑色の帽子は秘密警察（KGB）だ。入国管理はKGBが担当している。ゆかりちゃんの名前がKGB本部のリストに載っているか、あいつは電話で確認したんだ。この瞬間から、ゆかりちゃんの行動はすべてKGBに監視され、記録される」と言いました。その話を聞いて、私は少し怖くなりました。

空港には、大使館の政務部の大畑三等書記官（仮名）と派遣員の吉本君（仮名）が来ていました。大畑書記官は、外務省の専門職員採用試験に合格して、大使館で働いているノンキャリアの外交官です。年は30歳を少し過ぎたところです。吉本君は関西の名門私立大学の4回生を休学して、モスクワで働いています。

シェレメチェボ第2空港では、一般の観光客や商社員は、入国のときの厳しい税関検査があります。外交官は、これらの検査をフリーパスで入国することができます。もっとも、外交官パスポートをもっていても、モスクワの日本大使館に勤務する外交官としての登録を済ませ、外交官身分証をもっていないと、税関でトラブルになることがあります。それで大畑書記官と吉本君がわざわざ空港までやってきたのです。

秋月公使と大畑書記官は親しげに話しています。ただ、ちょっと変なことに気づきました。大畑書記官は、ズボンの左ポケットにずっと左手を入れながら話をしているのです。実は、大畑書記官は、秋月公使を死ぬほど嫌っていたのです。一時期、交通事故に見せかけて、秋月公使を本気で殺すことを考えたことがあるそうですが、先輩の加藤勝《かとうまさる》一等書記官（仮名）に諭《さと》されてやめたそうです。この加藤書記官については、あとで話をしますが、インテリジェンス（情報）に従事しているとても陰険で怖い人という雰囲気でした。

大畑書記官が、手をポケットに入れているのは、秋月公使に対する抗議の意思を表明しているからです。大畑書記官は、大学を卒業した直後、外務本省のソ連課で研修生として勤務しました。そのとき秋月公使は首席事務官でしたが、仕事でこき使われた上にいじめられ、大畑書記官は心の底から、秋月さんを憎むようになったということです。

当時の秋月首席事務官の上司は、西郷茂ソ連課長（仮名）でした。秋月首席事務官は、「西郷課長は、僕にとって父のようなものだ」とミエミエのゴマをすっていたそうです。

秋月さんの口癖は、「タイヘンタイヘン、タイヘンタイヘン」と何度も繰り返すことです。聞いているほうからすれば、「ヘンタイ、ヘンタイ」と聞こえます。ですから、外務本省でもモスクワの大使館でも「ヘンタイ秋月」と陰で言われていました。

秋月さんの指示には意味がないものが多いと部下たちはこぼしていました。たとえば、こういった調子です。

「大畑君、これコピーしておいて。コピーを取ったら、オリジナルは廃棄しておいて。大至急ね」と指示します。コピー枚数も2000枚くらいあります。

大畑さんは、1時間以上かけてコピーを取って、さらに1時間近くかけてオリジナルをシュレッダーにかけました。コピーを秋月首席事務官の机の上に置いておきました。翌日も、コピーはそのままになっています。その翌日、秋月さんが大畑さんに「このコピーを全部シュレッダーにかけておいて」と命令したそうです。

大畑さんは、「それじゃ、コピーを取った意味がないじゃないですか」と抗議したそうです。

そうすると、秋月首席事務官の声が半オクターブ高くなって、「君は僕の言うことを黙って聞けばいいんだ!」と答えたそうです。

大畑さんもアタマにきて、「こんなことをして、どういう意味があるんですか」と口答えしました。

そうすると秋月首席事務官は、「根性がつく。僕に意見するなんて20年早い」と答えたそうです。

以下は、大畑さんからさらに聞いたソ連課の実態です。

秋月さんは悪筆です。役所の「決裁書」や「報告・供覧」の原稿を秋月さんは2Bの濃い鉛筆で書きます。そして、部下にワープロで浄書《きよがき》させるのです。

外務省の終業時刻は午後5時45分です。もちろん、その時間に退庁することが許されているのは、55歳以上のノンキャリア職員だけです。秋月首席事務官は、6時過ぎには、外務省から一旦、離れます。新聞記者や他課のキャリア職員と夕食に出かけるのです。費用は、意見交換とか仕事の打ち合わせということにして、いくらでも報償費（機密費）で払うことができます。そして、午後11時頃にソ連課に戻ってきます。ソ連課員は、秋月首席事務官が戻ってくるまでは退庁することができません。もっとも、居酒屋タクシー問題（霞が関から帰る官僚にタクシー運転手がビールやタクシー券を供与していた問題）が発覚するまで、外務省には帰宅用のタクシー券が山ほどありました。深夜零時半を回ると、このタクシー券を自由に使うことができました。それだから外務官僚は、仕事をだらだら引き延ばしたり、課内で酒盛りや麻雀をして、タクシー券を使うことができる時間になるのを待ちます。ソ連課には、外交特権を用いて免税で入手した高級ウイスキーやブランデーが何十本もあります。それから業者からの付け届けのビール券があるので、ただで酒盛りができるのです。

そして、日付が変わると、ほんとうは満員電車に揺られて千葉県の船橋や、東村山などの公務員宿舎に帰らなくてはならないところを、タクシーの後部座席にゆったり坐って、ビールを飲みながら帰るのです。

秋月さんも加藤さんも、

「海外でも、国内でもエリートであるわれわれには、表に見える給料とは別にさまざまな特権がある。それだから外交官はやめられない」

と言っていました。その話を聞いて、私は「この人たちはいったい何を考えているのだろうか。あなたたちが使っているタクシー券は、全部、国民の税金から出ているのに」と思いましたが、口には出しませんでした。だって、秋月公使が私にくれる給料と、セックスをしたときにときどきくれるお小遣いや、加藤一等書記官がときどきモスクワの高級ホテル「ナツィオナーリ」のレストランで奢《おご》ってくれるときのお金も、日本国民の税金から出ているのですから。外務省の人たちの金銭感覚は、普通の日本人とはまったく異なっています。

他のソ連課員が居酒屋タクシーで帰宅しても、大畑さんは研修生だったので、秋月首席事務官が退庁するまで、職場にいなくてはなりません。午後11時過ぎから、秋月首席事務官は、猛烈な勢いで机に向かいます。そして、午前3時頃にA４判の罫紙にきたない字で書いた草稿を仕上げます。そして、大畑さんにこういう指示を出します。

「今日はもういいよ。明日の朝一番でできていればいいから。そうだな、僕は明日、7時50分に役所にくる」

こう言って、秋月さんは帰ります。

大畑さんが受け取った草稿は、A４判の罫紙に30枚くらいあります。さらに、外務省が出している『我らの北方領土』や条約集から、資料を探してコピーを別添《べってん》しろという指示が、走り書きされています。最後に、「乞50部コピー」と書いてあります。

どうも与党の勉強会で使う資料のようです。与党の勉強会は、だいたい朝8時に始まるので、秋月首席事務官は、そのときに国会議員に資料をまいて、覚えを目出度くしようと考えているのだと思われます。

国会議員に渡す資料をつくるときは、細心の注意が必要とされます。以前、ホチキス留めがうまくいかず、書類から針が飛び出してしまったことがあります。運悪く、それが小うるさい与党の国会議員に渡ってしまい、指を切って血が出るという事件がありました。

この国会議員は、通産省（現経産省）出身で、外務省に対していつも文句をつけてくる人でした。

「コラ！　外務省さんよ、こんな陰険な仕掛けをした書類をよくも俺のところにもってきたな。もちろん、わざとやっているんだろうが、俺を軽く見ると、あとでどうなるか思い知らせてやる」

こんな調子で、散々、凄んだということです。国会議員を担当する総括審議官が10回、議員会館のこの先生の部屋を訪ねて、最後は絨毯に土下座して謝って、許してもらったそうです。

そのとき、この国会議員は、「俺は根っからの善人だから、今回だけは勘弁してやる。以後、気をつけろ」と言いました。まあ、永田町（政界）には、こういう人がときどきいるので、そう珍しい話ではありません。

ただ、総括審議官は、「東大を卒業し、外交官試験に合格した俺が、どうして土下座までしないとならないか」という強い不満と怒りをもちます。そして、その怒りは、針が飛び出した書類をつくった課の課長に対して向かいます。ちなみにこの書類をつくった課長は、それから3カ月後に内戦が絶えない途上国の大使館に異動になりました。

秋月さんは、こういう技術的なことで、将来の出世の道に影響があってはならないと、非常に「細かい」のです。「細かい」というのも霞が関の半ば業界用語です。部下を信頼せずに頻繁にチェックを行う人を指します。秋月首席事務官は、まさに「細かい人」です。その上、出世欲が強く、スケベで蓄財傾向があるから困るのです。

秋月首席事務官の要求を満たすために、ワープロに打った文字を点検し、資料を見つけて添付し、ソーターにかけたコピーに落丁がないかを調べ、ホチキスでていねいに綴《と》じると、この作業には4時間くらいかかります。

そうすると朝の7時です。外務省には仮眠室があるのですが、麻雀で徹夜した人や、ラブホテル代わりに使っている職員カップルがいたりするので、午前4時以後に仮眠室でべッドを確保することはまず不可能です。それだから、大畑さんは、ソ連課のソファで仮眠をとることになります。

研修生の仕事には、新聞の切り抜きがあります。原則として、西郷課長がやってくる午前9時45分くらいまでに、ソ連やロシアという文字が出ている日本語の新聞記事をすべて切り抜いてＡ４判の台紙に貼り付ける作業です。

大畑さんは、この仕事をきちんと仕上げるために、毎日、朝8時半にソ連課に登庁してきます。それですから、夜中に秋月首席事務官から仕事を言いつけられた日には、ソファーで2時間くらいしか横になることができません。

こんな生活を続けていたので、大畑さんは、過労で外務省の廊下を歩いているときに倒れてしまい、曙橋の新宿女子医大病院に担ぎ込まれたことがあります。早速その日に、秋月首席事務官が、銀座の高級果物店で買ったマスクメロンを手にさげて、入院先まで訪ねてきました。大畑さんは、秋月さんが見舞いに来てくれたと勘違いしました。しかし、単なる見舞いではありません。

「君、こんなことになっては困るんだよ。健康管理も実力のうちだというのが外務省の不文律だ。自己管理がしっかりしていないからこういうことになる。こういうことが2、3回繰り返されると君の将来はなくなるぞ。よく覚えておけ」

秋月さんは、そう言って病室を出て行きました。

4

話をモスクワのシェレメチェボ第2空港に戻します。税関を出たところに、銀行があったので、日本からもってきた500ドルをルーブルに両替しました。ピンク色でレーニンの顔を描いた10ルーブルの新札が渡されました。日本で読んだガイドブックには、モスクワ市内には両替所があまりなく、行列が長いこともあり、空港で必要額を両替しておいたほうが得策と書いてあったので、そうしたのですが、秋月公使は両替をしません。

私が、「両替をしなくてもいいんですか」と尋ねると、秋月公使は、「いや大使館で替えてもらう」と言って、銀行で両替をしませんでした。

実は、前に述べた裏金組織「ルーブル委員会」で、大使館員は闇両替をしているんです。

そして、この闇両替を担当するのが、大畑書記官だったのです。

空港から外に出ると、小便のアンモニアとガソリンが混ざったような変な臭《にお》いがしました。私が、嫌な顔をすると、「これがモスクワの臭いだよ。しばらくすると慣れるさ。しばらく外国に旅行したあと、モスクワに戻ってくると、この臭いが懐かしくなる」と秋月公使が言いました。

大畑書記官と吉本君の案内で空港横の駐車場に行きました。夜の8時を過ぎているのに、日本の感覚では8月の午後5時くらいの感じです。十分、本を読むことができるくらいの明るさです。

黒塗りの日本製セダンが2台待っていました。ただし、左ハンドルです。ヘルシンキ（フィンランド）の日本車販売店から購入しているということです。ナンバープレートは赤色で、白抜きでD005-340と書いてあります。ソ連人のナンバープレートは白、外国人は大使館員が赤、商社員や新聞記者は黄色です。005というのは日本の国番号です。ちなみに001がイギリス、002がドイツ、003がカナダ、004がアメリカ、006がスペインです。ソ連と関係のよくない国が、一桁台で目立つようになっています。

ソ連人たちは、

「この順番は、ソ連が送り込んでいるスパイの数の順番だ」

と真面目な顔をして言います。

秋月さん一家4人が1台目の車に乗り込み、私と大畑書記官と吉本派遣員が2台目の車に乗りました。車に乗る前に大畑さんが私の耳許《みみもと》で、「運転手のワロージャは、ほんとうは日本語を理解します。ＫＧＢから送られてきたスパイなので、車のなかで余計な話はしないでください」と言いました。

私は、「スパイ」という言葉を聞いて、少し緊張しました。同時にほんもののスパイを自分の目で見てみたいという好奇心がわいてきました。

ワロージャは30歳くらいの好人物で、筋肉が引き締まっています。きっとあっちのほうも強いのだと思います。私がたどたどしいロシア語で「何かスポーツをやっていますか」と尋ねると、ワロージャは笑いながら「昔、ボクシングをやっていた」と答えました。

あるとき、秋月公使から、「ワロージャはＫＧＢ第二総局に属するスパイ監視の専門家だ。ＫＧＢの階級は大尉だ」という話を聞きました。そこで、私は加藤一等書記官に「ワロージャがKGB」というのは本当かと尋ねたことがあります。そうすると、加藤さんは肯定も否定もせずに、「KGBの連中は、ボクシング、空手、柔道のいずれかを習得している。ただ、こういう問題には、あまり関心をもたないほうがいいよ」とたしなめられました。

加藤さんは、何かとらえどころのない人です。

「一に国益、二に国益、三、四がなくて、五に国益」と普段は言っているのですが、私と2人だけになると、「国益を声高に語る奴には気をつけろ。国益は悪人の最後の逃げ場所だ」などと言います。

ちょっと怖いところはあるのですが、困ったことがあるときに安心して相談できる人です。もっとも、加藤さんが本心で何を考えているのか、私には最後までわかりませんでした。

ワロージャの運転はとても上手でした。空港から5分くらい走ったところだったと思います。道路の右側に、大きな鉄製のバリケードが見えました。私が怪訝《けげん》な顔をして眺めていると、ワロージャが、「大祖国戦争のとき、ドイツ人がここまで攻めてきた」と言いました。ソ連では、第二次世界大戦のことを大祖国戦争と呼びます。ちなみに、祖国戦争とは1812年のナポレオンによるモスクワ侵攻でした。ナポレオン戦争のときにモスクワはフランス軍に占領されましたが、第二次世界大戦ではドイツ軍がモスクワから30キロくらいのところに迫ってきたにもかかわらず、ロシアの冬に阻《はば》まれて、結局、モスクワ市内に突入することはできなかったのです。そのことをワロージャが、私にもわかるようにゆっくりとロシア語で説明してくれました。

その話を聞きながら、大畑三等書記官が、「あとひと息だったのになあ。そうすれば、こんなソ連は消滅していた。ほんとうに残念だ」と日本語で言いました。そうするとワロージャは説明をやめてしまいました。

さっき大畑さんが私に告げたように、やはりワロージャは日本語を理解するのだと思いました。

外務省には、東大閥、京大閥、早大閥、慶大閥のような学閥はありません。ただし、外務省で研修した語学別に「アメリカ・スクール」、「ジャーマン・スクール」、「チャイナ・

スクール」、「アラブ・スクール」などの語学閥（スクール）があります。

普通、アメリカやイギリスに留学した外交官は、親米英になり、中国に留学した外交官も親中になります。アラブに留学した外交官も、ほぼ例外なく親アラブです。そのため、日本の対中東外交は、反イスラエル、親パレスチナの色彩が強いのです。ノルウェーやラオスなどの小さな国に留学したノンキャリアの外交官も、それらの国を好きになります。

しかし、例外的に留学した国に激しい憎しみを抱く人たちがいます。「ロシア・スクール」の外交官です。この人たちは、反ソ・反共で、日米軍事同盟を強化して、ソ連に対抗することが、日本の国益にとって唯一正しい選択だと信じています。

とはいえ、ロシア人を警戒し、憎んでいるかというと、そうでもありません。特に金髪のロシア娘には、大畑さんをはじめ、だいたいの「ロシア・スクール」の外交官はとても弱く、体全体で日ソ友好を強化しています。もっとも、それをネタにKGBから脅され、その経験からソ連に対して激しい憎しみを抱く傾向があるようにも思えます。

あとでよくわかったのですが、大畑さんくらいの若い世代の外交官は、結構、ロシア娘と遊んでいます。ロシア人とのセックスについて、大使館の姿勢は、御法度《ごはっと》という姿勢を一応とっていますが、「バレないようにうまくやれ」というのが本音です。

さっき名前を出しましたが、秋月さんがソ連課の首席事務官を務めていたときにソ連課長だった西郷さんは、現在、モスクワの日本大使館の特命全権公使です。西郷公使の1年上で、蒲田喜八郎さん（仮名）というちょっと変わった人がいました。関西の造り酒屋の八男坊だから、こういう名前だったと思います。蒲田さんが、日本外務省の研修生としてモスクワ国立大学に留学していたときに、学生寮で乱交パーティーを主催したり、また、ロシア娘と一緒に外国人が立ち入りを禁止されている街を旅行したことが、KGBの逆鱗に触れ、それから2年間、モスクワ国立大学に日本外務省からの留学生受け入れが認められなかったことがあります。そのあおりで、西郷さんは、モスクワでは家庭教師についてロシア語を勉強したそうです。

西郷さんは、女性に優しく、トラブルを起こしやすい性格であることを自らよく知っていました。それでロシア語の授業は、いつも奥さんと一緒に受けたということです。

当時、モスクワの日本大使館では、ロシア語の家庭教師を妊娠させ、そのトラブルで東京に送り返された若手館員がいました。もちろんこの話は、「ロシア・スクール」の中だけで処理され、外務本省の人事課には報告されませんでしたが、そういうふうになってしまうと、将来の出世に響くと西郷さんは考え、夫人同伴で家庭教師の授業を受けたのです。

5

秋月さんがモスクワで勤務するのはこれで3回目です。

あとで、秋月さん自身が、寝物語で私に教えてくれたことですが、最初、研修後の新人としてモスクワの大使館に勤務したときは、ロシア娘ともだいぶ遊び歩いたそうです。しかし、2回目に、30代半ばでモスクワに赴任したときは、ロシア人と寝ることは、地方出張ではめを外したとき以外、ほとんどなかったということです。

私が、「出世に響くと思ったからですか」と聞くと、秋月さんは「そうではない」と答えました。実は、ロシア娘とのセックスに体力的についていけないと感じたからだと言うのです。

「ゆかりちゃん、ロシア人は週に何回セックスするか知っているかい」

「よくわかりません」

「当てずっぽうでもいいから、言ってごらん」

私は、自分自身にあてはめて、何回くらいが理想か考えてみました。

「週に、2、3回ですか」

「いいや。それでロシア娘は満足しない」

「それじゃ、毎晩ですか」

「そうじゃない。週16回が、平均的ロシア娘が理想とするセックスの回数だよ。それに付き合っていると仕事ができなくなる」

「だって、1週間は7日しかないじゃないですか」

「そうだ」

秋月公使はタバコに火をつけ、しばらく沈黙したあと、話を続けました。

「朝、仕事に出かける前に1回、夜、家に帰ってきてから1回だ。それに土日は、朝と夜のほか、昼にも1回ヤル。だから週16回になる」

そんなにセックスを相手が求めてきても、私ならば、体がもちません。「ロシア人の男はそれだけ、愛することができるのですか」と私は尋ねました。

「最初のうちは大丈夫だ。ただし、徐々に飽きて男も浮気をするようになる。そうすると女房も浮気をする。ゆかりちゃんは、ロシア人が2カ月、夏休みをとることは知っているだろう」

「はい」

「それで、夫婦で別々に夏休みをとる。ソチやヤルタの保養所で休暇をとり、十分に充電するんだ。もちろん避妊はきちんとする。もっとも、ロシア人は子どもを産むと、子宮にリングを入れて避妊することがよくあるので、男の側で避妊を心配する必要はない」

ずいぶん身勝手な話だと思いましたが、私は黙って秋月さんの話を聞き続けました。

「ひとり、いい女友だちができたのだけれど、かえって相性がよすぎて、毎朝、会うようになり、このままだといつか事故を起こすのではないかと思って付き合うのをやめた」

事故というのは、このロシア人女性が人妻で、相手の旦那がやきもち焼きなので、トラブルになること恐れたという意味のようです。

その後、秋月さんは、大使館に赴任していた20代半ばで独身の初級職員の女性と深い付き合いをしていたそうです。ただし、あるとき、これも寝物語でうっかり、「本心は、女房と別れて君と付き合いたいんだ」と言って、その後、大変な修羅場を演じることになったようです。このとき、秋月さんは必死になって、部下の童貞キャリア職員をうまくこの女性とくっつけ、危機を回避したということです。

このキャリア職員は、自分の奥さんが秋月さんの元愛人だということに、いまでもまったく気づいていないそうです。そして、自分のように引っ込み思案で女性に声をかけることができない人間にパートナーを紹介してくれたことを、秋月さんに本心から感謝しているといいます。外務省に、ドストエフスキーの小説『カラマーゾフの兄弟』に出てくるアリョーシャのような、根っからの善人（学校秀才だけれど、本質的な間抜け）がいることも間違いありません。

3回目のモスクワ勤務にあたって、家事補助員を連れて行くのを秋月さんが決めたのも、娘の家庭教師が必要だったという意味も確かにあったのでしょうが、外務省の職員でない女を日本から調達するのが結局、いちばん安全だという発想があったからだと思います。

私たちが案内されたのは、モスクワ国立大学からそれほど遠くないロモノソフスキー通り38番の外交官専用住宅でした。

ロモノソフとはモスクワ国立大学を創設した学者さんの名前です。この周辺は、中華人民共和国、朝鮮民主主義人民共和国（北朝鮮）、ブルガリア人民共和国など、社会主義国の大使館が並んでいるところです。

外交官を含む外国人は、高い塀で囲まれた専用住宅に住んでいるのですが、ロモノソフスキーには社会主義国の人たちが多く住んでいます。日本大使館があるモスクワの中心部までは、車で30分くらいかかるのですが、ロモノソフスキーの住宅に住んでいる日本人は、秋月さん一家と、私、それ以外は航空会社で通訳をしている独身女性だけです。だから、ここでどんな生活をしていても、日本大使館の同僚に知られることはありません。その辺の事情をうまく考えて、秋月さんは、大畑三等書記官に指示を与えて、この住宅を選んだのだと思います。

9階建ての横に細長いビル1棟が外交官専用住宅です。ここには5つの入口があります。1階は住宅ではなく、事務所が並んでいます。東ドイツの国営航空会社「インターフルーク」の事務所と、ウルグアイ大使館の領事部、それから外交官住宅の管理事務所があります。2階から8階までが住宅です。1960年代に建てられた「フルシチョフ様式」と呼ばれる建物です。「フルシチョフ様式」というと、ロシア語では安普請の代名詞のように受けとめられていますが、私たちの住宅は外国人用なので決して悪くありませんでした。入口には、「ミリツィア（民警）」（民間人を対象とする警察官）の詰め所があり、24時間体制で、この住宅に居住する人々を保護する建前になっています。

実は、この人たちは民警の制服を着ていますが、ほんとうはKGBの職員です。そして、住んでいる人たちが、何時に家を出て、何時に帰ってきたか、また、だれを家に連れ込んだかなどと詳細に記録してKGB本部に報告しているのです。

ただし、この建物の中での人の移動は記録していません。だから、秋月さんは、私を同じロモノソフスキーの外交官住宅に住ませるようにしたのだと思います。自分の身を守ることについて用意周到なのです。

秋月さん一家の部屋は、第1入口の3階にあります。大きな居間と食堂、それからベッドルームが4つある赤坂や六本木の外国人用高級マンションをイメージしてください。床面積は、全体で200㎡くらいです。

私の部屋は、ベッドルームと居間、それに小さなダイニングキッチンが付いた40㎡くらいのこぢんまりとしたつくりになっていました。床はフローリングでしたが、そこにトルクメニスタン製の見事な絨毯が敷いてありました。トルクメニスタンは、イランと国境を接するソ連の共和国（現在は独立国で、国連によって永世中立国の地位を認められている）です。砂漠の国で、ここでつくられる手織り絨毯は、ペルシャ絨毯と並ぶ最高級品です。部屋には北欧製の、シンプルですが機能的な家具が据え付けられていました。値段はけっこう高いです。外務省の内規では、家具付き住宅に住む場合、家賃の10パーセントは自己負担することになっているのですが、モスクワの外交官たちは、このカネをちょろまかすために知恵を働かせ、「家具委員会」という組織を作っていました。つまり、大使館員は家具なしの住宅を「ウポデカ（外交官世話部）」から借りて、家具については、大使館内の互助組織である「家具委員会」から借り出すという体制にしたのです。賃貸料は取られますが、1カ月に2000円とか3000円といった雀の涙くらいの少額です。それで、高級絨毯や北欧製高級家具に囲まれた生活を外交官たちは送っているのです。

　そうそう、秋月さんの場合、1カ月の住宅手当が約100万円まで支給されるという話は前にしました。しかし、この住宅手当は、東京の外務本省から大使館員の口座に直接振り込まれるわけではありません。スウェーデンのストックホルムに設けられている大使館の公用口座に振り込まれます。

　加藤一等書記官は、モスクワ市中心部のレーニン広場横のドブルイニンスカヤ（現カローウィ・ワーリ）外交官住宅に住んでいます。80㎡くらいの2LDKで、1カ月の賃料は20万円です。ただし、加藤書記官の住宅手当支給限度額は月45万円です。大使館は外務本省に、45万円全額を要求し、差額の25万円をストックホルムの裏口座にストックしておきます。そして、大使や公使などの幹部が、高級絨毯や家具を購入するときの資金に充てるのです。

　たとえば、アラブ首長国連邦製の100万円のキングベッドがあります。このベッドは、ロココ調の飾りが付けられているとともに、大きな鏡がセットになっている。鏡を見ながらベッドの上で、ヘンタイプレイを楽しむことができます。これを家具委員会で購入し、月1000円で大使館幹部に貸与するのです。3年勤務しても、ドスケベベッドに対して支払うお金は、3万6000円に過ぎません。家具委員会も、蓄財のためのダミー組織なのです。

モスクワの日本大使館は、どのようにして外務本省を騙《だま》すのでしょうか。

前にも述べましたが、ソ連には「外交官世話部」（ウポデカ）という組織がありました。ウポデカは、ソ連外務省付属組織ということになっていますが、実際は、KGBのダミー組織です。ウポデカの規則では、5年に一度、住宅を「大改装（カピターリヌィ・レモント）」しなくてはなりません。この改装費用は、店子《たなこ》が負担しなくてはならないのです。大使館はこの経費は家賃に含まれるべきだと主張して、プール金をつくることを外務本省に認めさせていたのです。

常識で考えても、借家人である外交官に家賃と住宅手当の額を知らせないというシステムを大使館がつくっていることはおかしいです。それから、個人が用いる住宅の家賃に充てる住宅手当を大使館員の個人口座に振り込まないばかりか、給与明細にも住宅手当がいくらであるかを明記しないのです。さらに、公金でプール金口座をつくると、それが不正流用に用いられる可能性が出てきます。事実、外務省の内規では充当できない幹部館員の高級絨毯や家具購入に、このカネが充てられているのです。

なぜ、このようなことが認められるのでしょうか。こうした予算支出を認めるのは、外務大臣官房の在外公館課です。私が外務省の喫茶店「あかね」で初めて会ったとき、秋月さんは在外公館課長をつとめていました。在外公館課長のときに在外に勤務する有力者に便宜を図っておくと、将来の出世にプラスになるのです。外務官僚の職業的良心は出世することです。それだから、在外公館課長は、国民の税金をいかに効率的に用いて節約するかということは小指の先程も考えずに、外務省有力者の喜ぶようにカネをばらまくことに腐心するのです。会計検査院の検査が、大使館、総領事館、日本政府代表部に対しては事実上、行われず、外務省の内部査察でお茶を濁しているからこういうことになるのです。

6

大改装のほんとうの目的は、どうも盗聴と関係しているようです。こういう事情に詳しい加藤一等書記官の話では、「5年くらいで、壁の中に仕掛けた盗聴器が使えなくなるので、取り換える」ということです。加藤さんはインテリジェンス業務に従事しているので、KGBからいろいろな嫌がらせをされることがあるそうです。

もっとも、KGBは仕事として嫌がらせをしているので、「何をすることが好ましくないのか」がはっきりわかるようにシグナルを出すといいます。

例えば、ソ連権力の中心であるソ連共産党中央委員とレストランで食事をしたあと、家に帰ると、家に掛けてある絵画の場所が入れ替わって、応接間のサイドボードの上にあるボヘミア・クリスタルの灰皿に吸い殻が入っていたりします。加藤一等書記官も加藤さんの奥さんもタバコを吸いません。誰かが留守のうちに家の中に入って、絵画の場所を入れ替え、灰皿に吸い殻をわざと残していったのです。「共産党中央委員と会うことをKGBは歓迎していない」というシグナルです。

もっともこの段階では、KGBから直接危害を加えられることはありません。それで加藤一等書記官は、この中央委員との接触を続けました。ある土曜日の昼、この中央委員と会う前に浴室でシャワーを浴びていると、壁から人の話し声がします。不思議に思った加藤さんが壁に耳をつけてみると、ラジオ放送が流れています。

加藤さんは、京都基督教大学の神学部と大学院を卒業し、外務省専門職員試験に合格して入省した変わり種ですが、実は数学や物理にも子どもの頃から関心があります。小学校6年生のときにアマチュア無線（ハム）の試験に合格し、免許をもっているので、無線工学の基礎知識があります。この基礎知識はインテリジェンスの仕事をする上でも役に立つそうです。マイクとスピーカーは原理が同じなので、ＫＧＢが壁の中に仕掛けた盗聴用のマイクをスピーカー代わりに用いて、ラジオ放送を流し、「いいかげんにしろ」と警告を与えているというのです。

この辺で、ＫＧＢのシグナルに耳をきちんと傾ける必要があります。そうしないと、数日間、出張や旅行で家を空けたりするときに、冷凍庫と冷蔵庫のコンセントを抜かれ、中の食品が腐るとか、車のタイヤに五寸釘を刺されてパンクするなど、実害のある警告がなされるそうです。それでも警告を無視すると、車のラジエーターにつながる配線を切られて、高速道路を走行中に車がオーバーヒートして立ち往生するとか、レストランから出てきたときに暴漢に絡まれて殴られるといったたぐいの生命に危機を及ぼすシグナルが出されるそうです。

私が好奇心から、「それでも言うことを聞かないとどうなるのですか」と尋ねると、加藤一等書記官は、「そうだね。毒の入ったウオトカを飲まされるか、警官に顎をアッパーカットで殴られるとかいう、体が拒否反応を示すようなシグナルが出されるね」と答えました。どうもそのような経験を加藤さんはしているようです。私は好奇心を抑えられなくなり、もう1つ質問をしました。

「毒入りウオトカを飲まされたり、アッパーカットを食わされても、相手のシグナルを無視するとどうなるのですか」

「そうだね」と考えてから、加藤さんはこう言いました。

「外交特権をもつ大使館の場合、『ペルソナ・ノン・グラータ』に指名され、国外追放になる」

ペルソナ・ノン・グラータとはラテン語で「好ましくない人物」という意味で、各国政府は、外交官をペルソナ・ノン・グラータに指名し、国外追放を命じることが国際法で許されています。また、国際法では、その外交官をどのような理由でペルソナ・ノン・グラータに指名したかについては、述べなくてよいことになっています。

もっとも、外交の現場で、実際に外交官がペルソナ・ノン・グラータに指名されることはほとんどありません。外交の世界では、各国は対等という建前になっています。「やられたら、やり返す」という掟《おきて》が外交の世界にもあります。そこで、ペルソナ・ノン・グラータに自国の外交官が指名された国家は、相手国の外交官をペルソナ・ノン・グラータに指名仕返すのです。これが続くと国家間の本格的な抗争になります。

こういう指名抗争を避けたいと各国は考えるので、ペルソナ・ノン・グラータに指名したい外交官が出てきた場合、相手国に裏ルートで意向を伝え、自発的に出国することを促します。

そんな裏の仕事に従事する外交官を、業界用語で「リエゾン」（フランス語で連絡係）と言うそうです。リエゾンには、ＣＩＡ（米中央情報局）、ＫＧＢ、ＳＩＳ（英秘密情報部、いわゆるＭＩ６）などのインテリジェンスの専門家がなるといいます。

日本にはこういった対外情報機関がないので、どうも外交官がリエゾンをやっているようです。私が見るところ、加藤一等書記官の仕事は、普通の外交ではなく、リエゾンのように思えるのですが、誰に水を向けても、そのことには答えてくれません。それよりも、加藤さんについて述べることを誰もが避ける傾向があるのです。一等書記官というと、大使館を支える中堅という扱いです。しかし、加藤さんはクレムリンや共産党中央委員会の要人とよく会っています。また、モスクワ国立大学哲学部の客員教授を務めるだけでなく、ソ連科学アカデミー民族学研究所にも席を置いています。それから、エストニア、ラトビア、リトアニアのソ連からの分離独立を目指す反体制活動家とも親しく付き合っているようです。特に、この反ソ運動には、情報だけでなくカネも流しているようです。加藤さん自身は「ＫＧＢとは緊張関係にある」と言っていますが、ペルソナ・ノン・グラータに指名されそうになったという話は聞いたことがありません。

日本から、国会議員や新聞記者が出張してきたとき、加藤さんは、女性がいるいかがわしい店やカジノで接待をしますが、加藤さん自身が女買いをしたとか、博打にカネをつぎ込んだという話は聞いたことがありません。

日曜日には、奥さんと一緒にマーリー・ブーゾフスキー横町にある「全連邦福音主義キリスト教会・バプテスト教会評議会」という名前の教会に通っています。モスクワで唯一のプロテスタント教会です。加藤さんは、前にも述べたように売春婦が出没する飲み屋やレストランにも出入りするので、決して堅物ではないのですが、ひじょうに禁欲的です。それだけに、何とも表現できない威圧感と怖さがあるのです。

どうも、情報を集め、誰に対しても「私はあなたについて、あなた自身よりもよく知っていますよ」と人を威圧し、自分の思うがままに動かすことに快感を覚える一種のサディストのようです。ああいう人と結婚する相手がよく出てきたと思いますが、とにかく不気味な人です。もっとも、ロシア思想や文学の話に明るいので、こういうテーマについて話すならば、愉快な人です。しかし、外交絡みの話になると、突然、人間が変わったように冷酷になります。

実は、モスクワでちょっとした事件に巻き込まれたのですが、このとき加藤さんが冷酷さを発揮してくれたおかげで、私は帰国する決意を固めることができました。このことについては、あとでお話しします。

7

モスクワに到着したその日は、西郷特命全権公使の奥さんがおにぎりと味噌汁を運転手に託して届けてくれました。大使館に勤めている外交官は、だいたい運転手と家政婦を雇っています。家政婦の仕事ならば、私をわざわざ日本から家事補助員としてモスクワまで連れてくる必要はなかったと思います。娘さんの勉強を私が見ることと、うまくいけば私がセックス・パートナーになるのではないかという下心が、秋月公使が家事補助員を連れて行くことに固執した理由でした。

夜遅く、秋月邸でおにぎりを食べているとき、秋月公使の奥さんは、「夫人挨拶はどうなっているのかしら」としきりに心配し、西郷夫人に電話をしていました。電話で、秋月夫人が、

「白手袋は銀座の『和光』で買いました。大丈夫です」

と答えていました。

当時、モスクワの日本大使館には不思議なしきたりがありました。外交官が家族で着任すると、夫人は、大使夫人、特命全権大使夫人、総括公使夫人の3人に挨拶をしなくてはならないのです。この挨拶の儀式が済むまでは、大使館員の夫人であるとみなしてくれないのです。挨拶のときには、黒色のハンドバッグと白い革手袋を用意しなくてはなりません。

そして挨拶のとき、ハンドバッグの蓋を開けて、手袋の先が2～3センチ外に出ているようにしなくてはなりません。秋月夫人が電話で言っていたように、女性用の白い革手袋は、それこそ銀座の和光くらいでしか売っていません。モスクワに来てから手に入れようと思っても不可能なのです。

しかも、外交官夫人の世界には陰険な不文律があって、赴任予定の夫人が、事前に大使館の現職夫人に宛てて「よろしくお願いします」という手紙を書いたあとでしか、このしきたりについて教えてはいけないことになっています。

大蔵省（現財務省）、通産省（現経産省）、農水省などのアタッシェ（出向者）で、前任者が単身赴任の場合には、このバカバカしいしきたりについての情報を得ることができません。そこで狐《きつね》のように陰険な外務省プロパーの外交官夫人が徹底的な意地悪をするのです。

しきたりについて知らない獲物がモスクワに着いたその晩に、狐外交官夫人が「明日、夫人挨拶があるけど、白い革手袋はもっておられます?」と親切を装って電話をかけてきます。獲物になる新人が「知らない」と答えると狐夫人は、「まあ!」と言ったあと、しばらく絶句します。新人は不安になって聞きます。

「あのー、革の白手袋をもっていないとたいへんなことになるのでしょうか」

「私は気にしないからいいんだけれど、大使夫人、次席公使（大使館でナンバー・ツーの特命全権公使をこう呼ぶことがある）夫人、総括公使夫人は、きっと気にすると思うの。どうしたらいいかしら」

この3人が「きっと気にすると思う」というのは、きわめて深刻な事態であるということを想起させるのです。もちろん狐夫人は、新人の不安感をあえて煽るような発言をしているのです。

ここで狐夫人は、「何かできることがあったら、遠慮なく、何でも言ってちょうだい」

と水を向けます。そこで、新人が「助けてください」とお願いすれば、自分の白い革手袋を貸します。ここで恩を売っておいて、新人を自分の影響下に引きずり込もうとするのです。

このしきたりに関する情報を事前に入手して、和光で手袋を買って、準備万端の体制でモスクワに乗り込んできた某経済官庁のアタッシェ夫人がいました。しかし、挨拶のときに黒いハンドバックの蓋を開けて、白い革手袋の先を2～3センチだけ外に出すという習慣を知っている者などいません。そこで、手袋なのだからと、この夫人は素直に手袋を両手にしていったためスキャンダルになりました。夫人挨拶の案内をするのは、外務省出身者の狐夫人が担当しますが、「手袋を着用してはいけない」などとは言いません。大使夫人、特命全権公使（次席公使）夫人、総括公使夫人のほうから、「あなた、手袋を着けたまま、家の中に入ってくるのは行儀がよくないわよ」とたしなめられる機会を待っているのです。もちろん、案内者も「何できちんと教えてあげないんですか」と叱責を受けるでしょうが、それで自分が不愉快な思いをしても、新人が失敗するほうが楽しいと考えるのです。このように、外交官夫人を長くやっていると「陰険力」がつきます。

事実、この挨拶が原因で、ノイローゼになったアタッシェ夫人や、離婚したキャリア外交官もいます。

通産アタッシェの夫人には、外交官夫人よりも気が強い人がときどきいます。ある通産アタッシェ夫人は、狐夫人から陰険な電話がかかってきましたが、「そうですか。自分で何とか対処します」と言って電話を切り、大蔵省、農水省、警察庁など反外務省的気運の強いアタッシェ夫人に電話をして、夫人挨拶のしきたりに関する情報を探り、夫のゴルフ用の手袋を黒ハンドバッグに入れて、挨拶のときには、蓋を開けて、2~3センチ指先を出して難を逃れました。

外交官たちは夫人まで巻き込んで、本人にとっては意味があるのでしょうが、日本の国益とはまったく関係のないゲームにエネルギーを注いでいるのです。

翌日の午後、秋月夫人から電話がかかってきて、お茶に呼ばれました。秋月夫人は、「西郷次席公使夫人は昔からよく知っている普通の人だわ。大西総括公使夫人（仮名）は、御主人がフランス・スクールの外交官なので、ちょっと格好をつけるところがあるけれど、陰険な人ではないわ。ただし、大使夫人は……」

と言って、夫人挨拶の様子について話しました。

モスクワの日本大使館は、クレムリンからそれほど離れていないカラシュヌィー通り12番にあります。大使館の事務棟と同じ敷地に大使公邸があります。

大使公邸は19世紀の砂糖商人の愛人の家です。それだから、お風呂がとても大きく、そこでエッチができるようなつくりになっています。そして、砂糖商人の愛人の使用人が住んでいた小屋を改造した建物が大使館員の事務棟です。

大使公邸の玄関は総大理石でつくられています。右側にクロークルームがあり、冬場はそこにコートを預けます。左側が第1サロンで、通常、大使はここでお客さんと会います。天井の高さは5メートルもあります。サロンには暖炉があって、19世紀の貴族の館のようなとても高級な雰囲気がします。

しかし、それを台なしにするような大きな絵が壁の上に掛かっていると、秋月夫人は憤慨していました。

江ノ島大使（仮名）が、以前、東南アジアの某国につとめていたとき、大統領府の腐敗官僚が、大使の気を惹くためにもってきた、江ノ島大使夫人の等身大の油絵です。鼠《ねずみ》のような顔をした身長170センチくらいの大柄な大使夫人の絵が、サロン全体を見わたしているのです。

江ノ島大使は、夫人に頭が上がらないようです。何でも、夫人は地方で新聞社を経営する元寄生地主の一人娘だそうで、その財力に依存したので、外務省の中でもデカイ顔をすることができたということです。

そういえば、ロシア人は、「江ノ島大使は後ろ向きにお辞儀をする」と言って笑っていました。ふんぞり返っている様子が、頭を後ろに向けてお辞儀をするようで滑稽だと言っているのです。

江ノ島大使は、ときどき大使館員を集めて第1サロンで宴会を行います。内輪の飲み会なのですが、もちろん経費は報償費（機密費）で賄《まかな》います。この会合の前に、夫人の絵を背にして大使が訓話をするのですが、私たちは上から鼠ににらまれているようなとても嫌な感じがしました。

北朝鮮大使館にも、金日成一家を描いた大きな油絵が掛かっているそうで、大使館のレセプションにやってきた知り合いのロシア人が、鼠大使夫人の絵を指して、「日本や北朝鮮など北東アジアの政治文化は、社会体制にかかわらず、思ったよりも似ているのではないか」と言っていましたが、こんな絵を掲げていたのでは、そのような誤解を与えても仕方がないと思います。

8

モスクワに着任してから3日間は、家の整理で秋月公使は大使館に行きませんでした。4日目から普通に勤務を開始しました。ポストは政務部長です。ロシアの政治や外交に関する情報を収集するとともに、北方領土交渉に従事するところです。

経済部は大使館の1階、暗号電報を扱う電信部や秘密文書を扱う文書部、それからトラブル処理を担当する総務部は大使館の2階にありました。大使、特命全権公使、総括公使の執務室も2階にあります。政務部は、鉄扉で閉ざされた3階にあります。結局、私はモスクワに2年半滞在し、大使館を100回以上訪れましたが、政務部の中に入ったことは一度もありません。

大畑三等書記官の話では、政務部には女性が1人もいないので、不潔きわまりないといいます。加藤一等書記官は、夏場、暑いといって、トランクスとシャツだけで仕事をするそうです。そして、トランクスの隙間から、縮れた毛の生えた睾丸を覗かせているそうです。3階のトイレが1950年代の国鉄駅の公衆便所よりも汚く、夏場はアンモニア臭でそばを通ると目が痛くなるといいます。それだけならまだ我慢できるのですが、大便所に縮れた毛とちり紙が落ちていることがあるというのです。トイレの前の棚には、外務本省から送られてきたヘアヌード付きの週刊誌が山積みにしてあります。ときどき、それを持ち込んでオナニーをする人がいるそうです。大畑さんは、いつもいかめしい顔をしている加藤一等書記官や、キャリアだけども童貞の今西二等書記官（仮名）あたりがあやしいと言っています。大畑さんは、「僕はそういう恥ずかしいことはしない」と強調していたので、案外、大畑さんがトイレでオナニーをしているのかもしれません。

驚いたことに、大畑さんは政務部で、トイレ掃除までしているというのです。

あるとき大畑さんは、今西さんに呼ばれ、こんなことを言われたそうです。

「大畑君、トイレからひどい臭いがしないか」

「ひどい臭いです。鼻が曲がりそうです」

「それをこのままにしていて、君は何とも思わないのか」

「……」

「この状態を君は何とも思わないのか」

「今西さん、僕に便所掃除をしろというのですか」

「それは君が考えろ。この状態を見て、何とか思わないのかと僕は君の意見を聞いているんだ」

　こう今西二等書記官は繰り返します。大畑三等書記官は、加藤一等書記官に相談しました。そうすると、加藤さんは、

「『俺はウンコは自宅でしています。小便も1階のトイレでしています。オナニーも3階のトイレではしていません。3階のトイレを使っている人が掃除をすればいいでしょう』と言え。自分できちんと主張しないと軽く見られる。今西は、ノンキャリアからキャリアへの鞍替え組だ。大学でロシア語を専門としたのに、語学力が基準に達していない。クレ

ムリンに人脈ももっていない。それだから、極端なキャリア風を吹かせる。大畑、お前はクソの掃除をするために外務省に入ったのではない。そんなことでいちいち悩むな。俺は今西のようなクズと一切口をきかないことにしている」

と言ったそうです。

今西さんは、外務省専門職員試験に合格して、ノンキャリアで勤務を始めましたが、翌年、外務公務員上級職員試験に合格して、キャリアとして勤務するようになりました。こういう経歴がある職員はキャリアでもあまり出世せず、局長以上の幹部になることはほとんどないというのが、外務省の不文律です（もっとも2008年に、大阪大学中退で中級職員［専門職員の前身］として採用されたが、のちに上級試験に合格した藪中三十二氏が外務官僚のトップである外務事務次官に就任したことで、従来の不文律は破られた）。前にも述べたように官僚の職業的良心は出世することです。それだから、履歴にキズがあるキャリア職員は極端に威張り散らす傾向があります。今西さんはその典型例です。

加藤さんはノンキャリアで入省したので、同期の人は今も二等書記官なのですが、なぜか一階級特進で一等書記官になっています。それにはわけがあります。外務省には登用制度があって、専門職員でも、能力と適性があれば、キャリア職員に準じる扱いにする特別専門職員制度というのがあります。加藤さんは数年前にこの制度に基づいて、登用されたのです。

しかし、加藤さんの登用には裏があると言われています。ロシア・スクールで、加藤さんよりもロシア語が上手な人が登用されていません。加藤さんがクレムリンに人脈をもっているといっても、それは加藤さんに潤沢な報償費と、常時大使館にいるのではなく、街中をふらふら歩く自由が認められているから人脈ができたと、みんな文句を言っています。それにモスクワにいれば、1年で1000万円は蓄財できるので、誰もが東京に帰らずに大使館で長く勤務したいと考えます。

若いキャリア職員は2年、専門職員でも3年で異動になります。ところが加藤一等書記官だけは特別扱いで、すでにモスクワに7年もいます。蓄財も相当しているはずです。それに他の大使館員には認められていないモスクワ国立大学の客員教授として講義をすることや、ソ連科学アカデミー民族学研究所の外国人研究員として、特別の研究をすることが認められています。西郷特命全権公使が加藤一等書記官をえこひいきしているというもっぱらの噂ですが、秋月公使によると事情はもう少し、複雑なようです。

秋月公使とのちにセックスをしたときの寝物語で、「何で加藤さんのことをみんな怖がるのか」と聞いてみたことがあります。秋月さんは、「誰にも言ったらダメだよ」と言って加藤一等書記官がもつ闇について話してくれました。

「加藤君が重宝されるのには理由がある。それは永田町（政界）と特別の関係があるからだ。ゆかりちゃんはこの国会議員の名前を知っているか」

そう言って、秋月さんは、ある政治家の名前を出しました。北海道・沖縄開発庁長官、内閣官房副長官、与党で選挙対策と裏金の管理を行う総務局長に就いた政治家です。その昔、外務政務次官をやったことがあります。実力派ですが、恫喝《どうかつ》政治家として、とても恐れられている人です。

「加藤君が研修を終えて、まだ駆け出しのとき、モスクワを訪れたこの先生と昵懇《じっこん》の関係になった。この先生の選挙区は北海道で、北方領土問題の解決に政治生命を賭けている。この先生は、加藤君をできるだけ長くモスクワに置いてクレムリンと人脈をつくることが、自己の権力基盤を強化する上で好都合と考えた」

「そうすると、加藤さんは政治家に利用されているということでしょうか」

「そうじゃない。加藤君は政治家に利用されるようなお人好《ひとよ》しじゃない。加藤君はちょっと変わっている。出世やカネには関心がほとんどない」

「女性はどうなんですか」

「関心はもちろんあるのだろうけれど、隙《すき》を見せない。誰に対しても警戒心を解かない。そのくせ、人懐こい素振りを十分にする」

「気味が悪いですね」

「確かに気味が悪い。加藤君に対しては、決して本心を明かしてはならない」

「加藤さんは何をしようとしているのですか」

「加藤君は、一種の妄想に取り憑かれた人間だ。日本に本格的な対外インテリジェンス機関をつくろうとしている」

「対外インテリジェンス機関とは、ＣＩＡやＫＧＢのようなスパイ組織のことですか」

「そうだ。加藤君は外務省から離れた、内閣総理大臣に直結する対外インテリジェンス機関をつくろうとしている。そのためには政治家とのネットワークが重要と考えている。そこで北海道の先生に目をつけたのだ。この先生は、予算や定員で外務省の要求をすべて満たしてくれる。難しい問題についても、加藤君が頼めば理由を聞かずにすべて呑み込むという姿勢をあえてとっている」

「そんな浪花節《なにわぶし》みたいな世界がほんとうにあるのでしょうか」

「浪花節じゃない。加藤君は、大使館、外務本省だけでなく、ワシントンやテルアビブの日本大使館にも独自の人脈をつくっている。そして外務省の内部事情について調べて、それをすべて北海道の先生の耳に入れている。だから、この先生は、外務省の予算や定員の要求について、どこまでが本音で、どこからが掛け値かもきちんと把握している。加藤君は本音の部分でないことには、外務省の幹部が『先生につないでくれ』と言っても、『御自分でやられたらいかがですか』と言って取り継がない。加藤君を中心に、外務省の中にもう1つの組織があるような状態になっている」

「それじゃ組織が内側から壊れてしまうのではないでしょうか」

「その危険は確かにある。ただ、加藤君は情報処理能力とともにトラブルを処理するのがうまい。国会議員や新聞記者がウオトカを飲み過ぎて、売春婦とトラブルを起こしたときも、マフィアと折衝してうまくまとめ上げている」

日本大使館にマフィアとの関係をもっている外交官がいることを知って、私はとても驚きました。秋月公使はさらにこんなことも教えてくれました。

「加藤君は北海道の先生に頼んで、うちの役所のスキャンダルを揉み消すことがうまい。本省の宇宙軍縮審議官組織に森山伸輔（仮名）という審議官（大使級）がいるが、以前、こいつが西東事務次官（仮名）の秘書官をしていたときに報償費（機密費）をだいぶ使い込んだことがある。それを週刊誌が嗅《か》ぎつけた。森山は、外務省のエースなので傷つけたくない。外務省の幹部がいろいろ議論をしたが結論が出ない。そこで、国会を担当していた当時の西郷総括審議官が『ここでモスクワの加藤勝を使ってみたらよいでしょう』と言った。西郷さんは、加藤君の謀略能力を高く買っている」

「謀略能力ですか」と思わず私の口から反射的に出ました。

「加藤君は謀略家だ。そして、外務省幹部や政治家を味方につけるのが上手だ。あのときも北海道の先生に頼んで、週刊誌の記事から森山の固有名詞と顔写真を落とすことに成功した」

その話を聞いて、加藤一等書記官の闇とはインテリジェンスのことだというのが、おぼろげながらにわかりました。

秋月公使は加藤一等書記官を警戒しろと言うのですが、私はそれほど悪い人とは思わないので、ときどきお茶を飲んだり、食事をしたりしました。私は、確かに秋月さんとは不倫関係にありましたが、独立の人格です。誰と付き合ってよいかとか悪いとかいうことを秋月さんに指図されるおぼえはありません。

9

25年も前の出来事について思い出しているので、時系列が入れ替わってしまいます。読者にとってわかりにくいと申し訳ないのですが、私の心のなかで、思い浮かぶ順番で話をしているのでお許し下さい。

奇妙な夫人の挨拶が終った次の週、秋月夫人は、息子と娘を連れてロンドンに行きました。高校生の息子をロンドンの全寮制日本人高校に入れるためです。中学生の娘はモスクワの日本人中学校に通いながら、私の指導を受けて、高校受験に備えることになります。なぜ秋月家は、子どもたちを日本の祖父母に預け、東京の学校に通わせることよりも、外国で勉強させることを選んだのでしょうか。外務省にはさまざまな税金がかからない手当があります。海外子女教育手当もそれで、日本に子どもを残すよりも、教育についてのカネがずっとかからないからです。

私が秋月公使に襲われたのは、夫人と子どもたちがロンドンに行っているときのことでした。

日本大使館から歩いて3分くらいのところに、旧アルバート通りという19世紀のモスクワの雰囲気を残した石畳の通りがあります。この入口に「プラガ」というレストランがあります。ロシア語では、HとGと表記します。「プラガ」とは、チェコの首都「プラハ」のことです。当時、モスクワの高級レストランには社会主義国の首都の名前がついていました。中華料理ならば「北京」、ドイツ料理ならば「ベルリン」といった調子です。「プラガ」ではチェコ料理を出します。正確に言うと、チェコ料理とロシア料理の両方を出します。「プラガ」は、外交官が自宅で行うパーティーのためにケータリング・サービスを行っています。

秋月夫人と子どもたちがロンドンに行ってから3日目のことだったと思います。昼過ぎに秋月公使から、「今晩、予定が入っているか」という電話がありました。私は、「特にない」と答えました。そうしたら、「今晩、食事を一緒にしよう。クレムリンの公式晩餐会と同じ食事を御馳走する」というのです。そして、午後7時に秋月公使邸に来るようにという指示を受けました。私は秋月公使邸にはもう何度か行っていますし、また、そこで車に乗ってどこか市内の高級レストランに行くのだと思っていました。今から振り返ると、男1人しかいない家を夜に訪れたことは失敗だと反省しています。

ロシア製のエレベーターはよく故障します。その日もいくら待ってもエレベーターが来ないので、私は階段を3階まで駆け上がり、秋月邸の呼び鈴を押しました。扉を開けると秋月公使ではなく、黒いタキシードを着た執事が出てきたので驚きました。「プラガ」のケータリング・サービスは、調理した料理ではなく、材料とともに調理人と執事がやってきてサーブするという本格的なものでした。もっとも、このような大仕掛けにしておけば、「外交団との設宴」という名目で、経費を公費につけ回すことができます。家に誰を呼んだかなどということを、大使館は細かくチェックしません。

早速、テーブルに着くと、秋月公使は、スパークリング・ワインをあけました。ロシアのスパークリング・ワインは、「シャンパンスコエ」と呼ばれますが、甘口でなかなかおいしいのです。テーブルには、キャビア、チョウザメの薫製、スモーク・サーモン、きのこのマリネ、キュウリの浅漬け、サラミソーセージ、ハム、チーズ、蟹のマヨネーズ和え、サワークリームとホースラディッシュをハムで包み、ゼリーで固めたチェコ風前菜など、山海の珍味が並べられています。

秋月公使は、「キャビアはこうやって食べるとおいしい」と行って、パンケーキに薄くスメタナ（サワークリーム）を塗って、それにキャビアを茶匙《ちゃさじ》に2杯とってのせ、巻いて食べます。

私もまねをしてみましたが、口の中で灰緑色のキャビアがとろりととけて、絶妙な味です。

「このキャビアは、アセトリーナといって、カスピ海でとれる中位の大きさのチョウザメだ。値段は一番大きいベルーガが高いが、味はアセトリーナのほうがずっといい」と秋月公使は言います。私はキャビアを食べるのは初めての経験なので、黙って秋月さんの話を聞きながら、今度はパンケーキではなく黒パンにキャビアをのせて食べてみました。ライ麦パンの酸っぱさとキャビアが、これも絶妙なコンビネーションです。

実は、キャビアには強精効果があります。だから秋月公使は、積極的に私にキャビアを勧めたのです。

「料理の準備はすべてできている。メインはステーキに火を通すだけだから、僕でもできる。ロシア人は帰してしまおう」と秋月公使が言いました。

私は空港で大畑三等書記官が、ロシア人の運転手ワロージャが実は日本語を理解するという話をしていたことを思い出しました。ロシア人の運転手ワロージャが実は日本語を理解するということを思い出しました。多分、この執事は日本語を理解するのです。それでは安心して話をすることができないので、秋月さんは執事と調理人を帰そうとしているのだと思いました。執事は男でしたが、調理人は女性でした。料理がとてもおいしかったので、私が「ボリショイ・バム・スパッシーボ！（とてもありがとう）」と言うと、2

人は笑って「パジャールスタ。プリヤートナワ・アペチータ！（どういたしまして。食欲が出ますように）」と返事をしました。

秋月さんは、「キャビアとはウオトカが合う。珍しいウオトカがあるが、飲んでみるか。クレムリンの公式晩餐会でもウオトカが必ず出る」と言いました。私は好奇心から、「少しだったら試してみたいと思います」と答えました。

秋月公使は冷凍庫から、黒いラベルが付いたウオトカを出してきました。私が日本で飲んだことがあるソ連製ウオトカは赤いラベルの「スタリチナヤ（〝首都のウオトカ〟の意味）」だけだったので、「ラベルが赤くないですね」と言いました。

「ゆかりちゃん、これはクレープカヤといって、一番高いウオトカだ」と秋月さんは答えました。

「クレープカヤ」とは、ロシア語で「濃い」という意味です。普通のウオトカは40度ですが、「クレープカヤ」は57度です。40度のウオトカと比較して、57度のウオトカは、体感では3倍くらい強いです。もちろんそのときは、そんなことなど夢にも思いませんでした。

ウオトカは、マイナス15度くらいでは凍りません。ただし、液体がとろりとしてきます。

そして甘くなります。秋月さんがショットグラスにウオトカを注ぎます。そして、秋月さんはウオトカを一気に飲み干しました。

「ウオトカはちびちび飲むと悪酔いする。一気に飲んだほうがいい。ただし、無理をしたらだめだ」と言いました。

私はウオトカをショットグラスから少しだけ飲んでみましたが、甘くまろやかなので、これならいけると思って一気に飲み干しました。

2、3秒経って、胃から何とも形容しがたい熱いものが喉に逆流してきます。ウオトカ飲みはこの感じがよいのだと言います。

秋月さんは、「ジュースを飲むといい」といって、水差しに入っているオレンジジュースを勧めました。いまになって考えると、このオレンジジュースはウオトカを入れたスクリュードライバーだったのだと思います。そうでなければ、あんなに酔うはずはありません。

秋月さんは、「もう1杯飲むかい」と言って、ショットグラスにウオトカを半分くらい入れました。この辺が秋月公使特有の狡《ずる》さです。女をウオトカで酔い潰そうとする魂胆がない雰囲気を醸し出すために、ショットグラスにあえて半分しかウオトカを入れないのです。私は気が大きくなっていたので、このウオトカを飲み干しました。山海の珍味を食べながら、私は陽気になって、大学院のことや、モスクワでやりたいことなどの話をしました。秋月公使は、上手に話を合わせてくれます。私には「無理をしないでいい。ウオトカはこれくらいにして」と言って、オレンジジュース（実はスクリューライバー）を勧めます。秋月さんは「ボルジョミ」というグルジア製のスパークリング・ウオーターを飲んでいます。

「ゆかりちゃんも飲んでみるか」と勧められましたが、変な臭いがして塩辛いので、一口飲んだだけで吐き出しそうになり、やめました。

あとで知るのですが、「ボルジョミ」は、温泉水に炭酸を強化した最高級ミネラルウオーターです。そして、酔い覚まし効果が絶大です。ウオトカを飲み過ぎて、分身が勃《た》たなくなることを避けるために、秋月公使は「ボルジョミ」を飲んでいたのです。

10

ロシア料理は、実は前菜が中心です。ディナーの場合、スープはありません。メインはフィレステーキやチョウザメのムニエル、あるいは鶏肉をのばして中にバターを入れ、パン粉をつけて揚げたキエフ風カツレツなどですが、前菜でお腹が一杯になって、メインをパスする人も多いのです。

秋月さんは、「キンズマラウリ」というグルジアの赤ワインをもってきました。ソ連の独裁者スターリンが好きだったというワインです。完熟ブドウでつくっているので、デザートワインのような甘さがあります。ローストビーフ、ハム、サラミソーセージなどとともても合います。ワインを2、3杯飲んで、私はすっかり気持ちがよくなってしまいました。

そうすると、「ゆかりちゃん、冷たいシャンパンを飲むとすっきりするよ」とウオータークーラーに入ったシャンパンのボトルをとって、私に注いでくれました。

「秋月公使は優しいなあ」と思って、注がれたスパークリング・ワインを飲みました。それから2、3分経ったところで、胃がとても熱くなってきます。そして、頭が朦朧《もうろう》としてきました。

実は、シャンパン、スパークリング・ワイン、ビールなどの発泡酒は、すでに飲んでいた強い酒のアルコールを呼び覚ます作用があります。それから、アルコールは普通、まずビール、それから日本酒（またはワイン）、最後にウイスキー（あるいはブランデー）というように度数が低いものから高いものへと飲んでいくのですが、秋月公使はその逆で私に飲み物を勧めました。ウオトカ（それも格段に強いもの）、スクリュードライバー、ワイン、シャンパンの順番です。ウオトカで感覚が麻痺してしまうので、スクリュードライバーとオレンジジュースの区別がつかなくなってしまったのです。それに、ワインやスパークリング・ワインもアルコール飲料であるという抵抗感がなく飲んでしまったのです。この晩、私は自分の体が許容するよりも、はるかに多くのアルコールを飲んでしまいました。

話をしていても、呂律《ろれつ》がよく回らなくなりました。秋月公使が「少し酔ったようだね。横になったほうがいい」と言いました。私もそのほうがいいと思って、部屋のソファーで横たわろうと思い、席を立ちましたが、脚がもつれてしまい、思うように歩くことができません。尻餅をついて、トルクメニスタン製の絨毯に坐り込んでしまいました。

「大丈夫か」と言って秋月公使が近寄ってきます。

「ご迷惑をかけてすいません」と言おうと思ったのですが、「ごめいひゃく、ヒック、すいひぇん」とまともな言葉になりません。

秋月公使は、「ベッドで寝たほうがいい」と言って、私を抱きかかえて、ベッドルームに連れて行きました。そして、ダブルベッドよりも一回り大きいクイーンサイズのベッドに寝かせられました。

ちなみにクイーンサイズのベッドだと、セックスのときどのような体位で激しく交わっても、ベッドから落ちてしまうことはありません。

秋月公使は、「ここで少し寝ていたら気分がよくなる。僕は皿を片付けておく」と言いました。私は「醜態をさらしてしまった。秋月さんに皿洗いまでさせてしまった」と申し訳なく思いました。

30分くらい経つとベッドルームに秋月さんが入ってきて、「大丈夫かい」と声をかけてきました。私は「大丈夫です」と返事をしようと思いましたが、声が出ません。

そうすると秋月公使は、私のおでこに軽くキスをしました。私はちょっと驚きましたが、心配をかけてしまって済まないという思いと、優しくしてもらって嬉しいという思いが交錯して、思わず目を閉じてしまいました。

すると秋月公使の左手が、私のワンピースの上から右の乳房をやさしく揉み始めました。イヤだと思ってベッドから起き上がろうとしますが、身動きがまったくとれません。

秋月公使はペッティングを続けながら、私の唇にキスをしてきました。ディープキスをしようと、秋月さんの舌が割り込んできます。口を閉じようとするのですが、力が入りません。秋月さんは両手で私の頭を抱え、激しくディープキスをします。私はされるがままにしていました。4、5分はキスをしていたと思います。秋月さんが舌を離すときに、私の舌からもよだれの糸が引きました。こんなキスが嬉しいはずなどないのに、身体が反応してしまっているのです。私はとても恥ずかしいと思いました。

秋月さんは私の背中に手を回し、ワンピースのボタンを外します。この日は暑かったので、ワンピースの下にはブラジャーとパンスト、それにパンティしかつけていません。ワンピースがクリーム色なので、それに合わせた薄い黄色のブラとパンティをつけていました。あっという間にワンピースを脱がされてしまいました。秋月公使はベッドルームの電気を消しません。私の身体を何も言わずに眺めています。そして、私に近寄ってきて、今度は右のブラジャーだけをずらして私のおっぱいが見えるようにしました。私のバストは87センチですが、アンダーバストとの差が大きいのでDカップです。秋月さんは「きれいなおっぱいだね。それに乳首は大きいけど、乳暈は小さい。色も薄いベージュ色だ。僕はこういうおっぱいが好きだ」と言って、私の乳首を吸い始めました。乳首が舌で転がされ、だんだん固くなってきます。

秋月さんは私の右の乳房から顔を離し、今度は左のブラジャーを少しずらしました。「右の乳首は勃っているのに、左の乳首は乳暈の中に埋もれたままだね。このコントラストがとてもいやらしいよ。ゆかりちゃん」と言います。私はとても恥ずかしくなってしまいました。そして、秋月さんは私のブラジャーを外しました。ベッドルームなのに、チェコクリスタルのシャンデリアが付いています。その光の下に私のおっぱいが晒《さら》されてしまいました。

秋月公使はベッドを下り、三面鏡の引き出しを開けています。何かを探しているようです。

ベッドに上がると、秋月さんは私の左脚のふとももの部分のパンティストッキングを思いきりつまみ上げました。何をしようとしているのでしょうか。右に金属の器具が見えます。それを、引っ張ったパンティストッキングにあてました。「プチッ！」という音がして、パンストに穴があきました。秋月さんが右手にもっていた器具は、女性用の眉毛切りハサミでした。秋月さんはベッドを降りて、三面鏡の下の引き出しにハサミを戻したあと、ベッドに戻ってきました。今度は目つきが変わっています。獲物を狙う猛禽類のような目をしています。私は何をされるのかと怖くなってきました。

秋月公使は、パンストの穴に手をかけて、思いきり破きました。ズビズビという音がしてパンストが破れていきます。私は怖くなって、思わず泣いてしまいました。うまく動くことができず、声もよく出せないのに、涙だけはどんどん出てきます。

そうすると、秋月さんが私の耳許で、「ゆかりちゃんはいい子だから、泣くんじゃない。

もう怖いことはしないから」と囁くのです。ただし、「ごめんね」とは言いませんでした。私は、何となく安心しました。あえて恐怖感を与えるような行動をとり、それをしないと約束することで安心感を与え、私が心理的に依存するようになることを狙って、秋月さんはパンスト破りをしたのだと思います。

そして、パンストとパンティを一緒に脱がします。私は生まれたままの姿にされてしまいました。

秋月さんは、寝室にはスーツの上衣を脱いだだけで入ってきました。いまベッドの上で、ワイシャツ、ズボンと下着を脱いでいます。あっという間に裸になっていました。分身が上を向いている姿が見えます。元カレの毅さんよりはずっと大きい。15センチ以上はあると思います。

秋月公使は、私の両脚を開いて、まず私の蜜壺の入口を覗きます。とても恥ずかしいです。このまま無理矢理分身を挿入してくるのかと思ったら、そうではありませんでした。私の両膝がV字形になるように折り、赤ちゃんのおしめを替えるときのように、私のお尻が丸見えになるようにしました。

そして、こんなことを言うんです。

「アヌスの周りに結構毛が生えているね。それにトイレットペーパーが付いているよ。ああ、恥ずかしい。恥ずかしい格好だね。デルタはきれいに切りそろえてあるけれど、アヌスのことは考えていなかったんだね。この辺が君の限界だ」

こんなことで「君の限界だ」などと言われる筋合いはないのですが、私は虚《きょ》をつかれてとても恥ずかしい思いがしました。あとで秋月さんから聞いたところでは、確かにアヌスの周りに少し毛が生えていたが、トイレットペーパーが付いていたというのは嘘だったそうです。高学歴のインテリ女に対する「言葉攻め」は、こういう表現が一番効くということです。

秋月さんは、今度は私の左の乳首を舌で転がし始めました。それと同時に秋月さんの左手が私の蜜門の入口を優しく撫でます。乳首には歯を軽くあてて甘嚙みをします。こんなことで感じたくないと思いましたが、蜜壺がだんだん濡れ、ビチャビチャと音を立てているのが自分でもわかりました。

秋月さんは、乳房から顔を離し、今度は私のデルタに顔を埋《う》めました。そして、舌先でクリトリスをチロチロと突《つっ》きます。クリトリスが充血していくのが自分でもわかり、とても恥ずかしくなりました。秋月さんは執拗に舌でクリトリスを攻めます。それと同時に両手を伸ばして私の左右の乳房を強く揉んだり、軽く撫でたり、ときには親指と人差し指で乳首を転がします。クリトリスと乳首が同時に屹立している。とても恥ずかし思いがしました。

そのうち、腰の奥がむずがゆくなってきました、こんな気持ちははじめてのことです。思わず、「アハッ、アハッ」という声が出てしまいました。そして、突然、脳髄から腰にかけて電流のようなものが走り、全身がけいれんしました。

秋月さんが私から身を離し、耳許でこう囁きました。

「ゆかりちゃん、イッたよ。はじめてイッたんだね」

私は条件反射のようにうなずいてしまいました。

秋月さんは、私の左の耳たぶを軽く噛みながら、左手の人差し指と中指を蜜壺の中に入れてきます。さっきクリトリスへの刺激でイッてしまったので、蜜壺はぐじょぐじょに濡れています。秋月さんが欲棒を挿入しようとすれば、すぐに入るのでしょうが、私のＧスポットを刺激してもっと濡らそうとしています。酔って身体が動かないのと、すでに1回イッているので、私はもう反応することができず、されるがままにしていました。5分くらい蜜壺をまさぐられていたと思います。秋月公使が「いいね」と耳許で囁いたので、思わずうなずきました。

秋月さんが分身を私の蜜壺に入れます。濡れているので抵抗なく中に入ってしまいました。その後、秋月さんは激しく腰を動かし、私の子宮の入口を突きます。元カレの毅さんとは全然違う大人のセックスです。「あん、あん」と意思と違うところで声が出て、身体は全然自由になりません。2、3分も腰を使っていないと思いますが、秋月公使は分身を私の身体から放し、袋を私のデルタの上に置きました。その瞬間、分身の先から、それこそ水鉄砲のようにザーメンが発射されたのです。ザーメンは私の顎《あご》まで届きました。こんなに激しい勢いで中出しされていたら、きっと一発で妊娠したと思います。前の生理からちょうど2週間くらい経っているので、危ない時期です。

秋月さんは、枕元からティッシュをとって、私の身体からザーメンをきれいに拭き取ってくれました。また、蜜壺の周りの愛液もきれいに拭き取ってくれました。それで安心した私は、酔いと疲れで、寝てしまいました。

11

何時間くらい経ったでしょうか。トイレに行きたくなって目が覚めました。隣を見ると、秋月公使は口を少し開けて熟睡しています。その姿を見て、私は何かおかしい感じがして、思わず微笑んでしまいました。トイレを済ませて水を流すと、ゴーっと激しい音がしたので驚きました。私の部屋のトイレはこんなに大きな音はしません。秋月公使もこの音で目を覚ましてしまいました。

枕元に時計はありません。秋月さんが「何時か」と聞くので、居間に行って時計を見るとまだ午前4時です。しかし、もう夜が明けています。テーブルの上はきれいに片付いています。私は再び、秋月公使に申し訳ないと思いました。

「どう、二日酔いになっていないだろう。ウオトカは強いけれど、翌日残らないんだ。ウイスキーやワインとは全然違う。そうだ、冷蔵庫に『ボルジョミ』が入っているから、飲んでおきなさい。このミネラルウオーターは体内からアルコールを排出するのを助けてくれる」と秋月さんは言いました。

私は、「バスルームを借ります」と言って、トイレの隣にあるバスルームで熱いシャワーを浴びました。そして、台所に行き、冷蔵庫を開けて、秋月公使が勧める炭酸ガス入りのミネラルウオーターを飲みました。身体が生き返るような気がします。バスタオルで身体を巻いて、ベッドの外に落ちている服を拾って着ようと思ったら、「こっちにおいで」と強い力で秋月さんに手を引かれました。その頃の私は、まだ「断る力」がなかったので、ベッドに上がってしまいました。

秋月公使は、私にディープキスをしました。私もそのキスに応えて、2人で長い時間、ベッドの上に坐って、口を吸い合っていました。それから秋月公使はベッドの上に仰向けになりました。分身が思いっきり勃起して、欲棒の周辺には緑色の静脈が筋を立てています。これから何をされるのか怖くなってきました。

「上になって。君のほうから僕を入れて」といいます。

その頃は体位の名前を知りませんでしたが、騎乗位になれということです。これだと男性は一番疲れないようです。さっきシャワーであそこはきれいに洗い、タオルでよく拭いたつもりだったのですが、キスをしているうちにまた愛液が出てきてしまいました。秋月さんの欲棒は、簡単に私の蜜壺に収まってしまいました。蜜壺にペニスが入ると、頭の中が真っ白になってしまいます。

「さっきは僕が思いっきり腰を振ったから、今度はゆかりちゃんが振るんだ」と言われて、私は何も考えずに腰を使い始めました。「あん、あん」と声が出てしまいます。

「ほら、こうして下から見るときが、おっぱいは一番きれいなんだよ。ゆかりちゃん、両手でおっぱいを揉んでごらん。そして、もだえる姿を僕に見せてごらん」と秋月さんは言います。私は催眠術にかけられたように、両手で自分のおっぱいを揉み始めました。「あん、あん」という声が、さっきよりも大きくなっていくのが自分でもわかりました。

「今度は親指と人差し指で両方の乳首をつまむんだ」と秋月さんは強い口調で言います。言われたとおりにしたらとても痛いので、思わず、「痛いです。やめてもいいですか」とお願いしました。

秋月さんは「ダメだ。いまのまま続けろ」と言います。私は痛いのを我慢して、乳首をつまみ続けました。

しばらくすると、秋月さんが「もういいよ」と言ったので、私は両手を乳首から離しました。その瞬間、秋月さんは両手で私のおっぱいを鷲づかみにして、乳搾りでもするかのように激しく揉み始めました。痛いし、恐いので「やめてください」と言いました。今度はすぐに手を離してくれました。そして、すぐに両手で私のお尻をつかみ、上下に揺さぶるとともに欲棒を上に突き上げてきました。お尻がきゅっと締めつけられるような気持ちがしました。

「ゆかりちゃん、いいよ。とっても締まる。君はなかなかの名器だ」

そう言って1分も経たないうちに、「どいて。すぐに僕から離れて」と言います。私は言われるがままに身体を離しました。

私が離れた瞬間に、秋草さんの欲棒から白い毒液が発射されました。熱いコンデンスミルクのかたまりが、私の太ももにかかりました。

秋月さんはあぐらをかいて、坐っています。さっき15センチ以上あった欲棒は5、6センチに縮んでいます。

「舐めて」

と言われて、私は当惑してしまいました。元カレの毅さんからもフェラチオをときどき要求されましたが、私は「そういうのはイヤ」と言って、いつも断っていました。しかも、私の愛液で濡れているペニスを咥《くわ》えたいとは思いません。

「君がこんなに汚したんだから、君の責任できれいにして」と秋月さんに言われ、私は思わずペニスを口にしてしまいました。「責任」という言葉に過剰反応してしまったのだと思います。いまセックスを終えたばかりなのに、秋月さんの欲棒はすぐに頭をもたげてきました。

「ただ咥えているだけでなく、カリの周囲をもっと丁寧に舐めて。それから、袋の筋も一本ずつ丁寧に舐めて」と言います。

言われるとおりにしているうちに、顎がすっかり疲れてしまいました。

そうすると秋月さんは、私にうつぶせになってと言い、私がうつぶせになると、「膝を立ててお尻を突き出して」と言います。恥ずかしかったけれど、言われるとおりにしました。

秋月さんは、バックから激しく突き立ててきます。ただ、もう2回も出しているせいか、硬度は少し低くなっているようで、3回目は発射できませんでした。

秋月さんがシャワーを浴びて、ベッドに戻ってきました。秋月さんは「もう7時だ。今日は午後から大使館に行く」と言います。ロモノソフスキーの外交官専用住宅には、日本人は秋月さん一家と私しかいないので、朝、大使館に出かけずに駐車場に車がとまっていても、それで噂になることもありません。

12

秋月さんは本棚から本を1冊取り出してきました。そして、「この本を読むと、外務省がどういうところか真実の姿がわかる」と言いました。

表紙に、佐藤優『外務省ハレンチ物語』（徳間書店）と書いてあります。佐藤さんという人は、数年前に政治家絡みの国策捜査で逮捕され、クビになったそうです。東京拘置所の独房に512日間閉じこめられていた間に作家修業をして、ノンフィクション作家になったということですが、ときどき官能小説も書いているということです。とても陰険な人で、いまモスクワの日本大使館にいる中では、加藤勝一等書記官と似たような人だということです。第2章の「首席事務官はヘンタイです」というとても下品なタイトルの小説を読みましたが、内容はタイトルよりもずっと下劣でした。この首席事務官だけがヘンタイというよりも、外務省はレイプや公金流用が日常化している犯罪組織という印象を受けました。

そこで、秋月さんに聞いてみると、

「ここで書かれていることはあたらずとも遠からずだ。松岡国雄君はこの前まで中東の情報大国の特命全権公使をしていたけれど、このポルノ小説が出たためにモデルではないかと疑われたんだ。ちょうどそのときに政権交代があって、外務省が恐れている〝ツキノワグマ〟というあだ名の恐ろしい政治家が外務大臣になった。松岡君は、徹底的に行動を暴かれて、自主退職を余儀なくされた。可哀相なことをした。僕はそういう目に遭わないようにうに、外務省や大使館の内部での不倫や、外務本省での報償費の流用はしないようにしてるんだ。カネは、外交特権があってマスコミの目が届かない外国にいるときに限る」

と言いました。

そして、モスクワの日本大使館では、どのようにすればカネを貯めることができるかという秘伝を徐々に教えてくれるようになったのです。

私は秋月公使から、『外務省ハレンチ物語』を借りて、朝の8時過ぎに家に帰りました。一晩の経験を経て、大人の世界に少し仲間入りしたような感じがしました。

秋月さんとの逢い引きは、週2回、私の部屋で行うようになりました。大使館の家具委員会からクイーンサイズのスウェーデン製のベッドが届きました。

秋月公使の娘は頭がいいので、家庭教師はとても楽でした。奥さんは、ロンドンにいる息子の受験と、大使館の夫人間抗争にエネルギーのほとんどを割《さ》いているので、私と秋月公使が深い仲になっているということなどまったく気づいていません。

秋月夫人からも「外交の席では、男女のペアで動いたほうがいいときがあるから、私がロンドンに行ったり、忙しくしているときは、『秋月の姪《めい》です』とでも言って、うちの主人を助けてあげてちょうだい」と言われていたのです。

レセプションや科学アカデミーの学者と会うときには、秋月公使と一緒に行動することも増えました。私はロシア文学を専攻しているので、ロシア人のインテリたちとは共通の話題がいくらでもあります。

また、秋月さんは、大使館が私に委託研究や翻訳を依頼しているという体裁を整えて、大使館の報償費から上手にお金を抜いてきます。私は、A4判の白紙の右下にサインをしただけなので、どのような契約内容になっているかわかりませんが、この契約で、毎月20万円のお小遣いをもらうようになりました。秋月さんから表でもらう15万円の給料より多い金額です。もちろん、秋月さんもそこからお金を抜いていると思いますが、月額いくらになるのかは私には最後までわかりませんでした。

秋月さん経由で、大使館の「ルーブル委員会」から私も闇ルーブルを譲ってもらうようになりました。銀行では1ルーブル250円ですが、大使館では100円で売ってもらえます。しかも、お金の決裁は、ストックホルムの銀行でスウェーデン・クローネで行うという念の入れようです。

東京の外務本省からお金を取るときは、1ルーブル250円という公定レートで申請し、実際はその半分以下のレートでルーブルに換えているので、黙っていてもどんどん貯まるのです。

さらに秋月さんは、カネを貯めるコツは1年に1台、車を買い換えることだ、車はＶＯＬＶＯ、メルセデス、ＢＭＷなどできるだけ高いものを買うんだと言います。結局、私は1台目はＶＯＬＶＯ、2台目はＢＭＷでした。1年ちょっと乗ったＶＯＬＶＯを売りたいという広告を大使館を経由して出すと、アフリカや中東の外交官がルーブルで買いに来ます。私のＶＯＬＶＯは１５０万円が原価でした（外交特権で免税です）。売るときは、５万ルーブルでした。これをルーブル委員会の窓口になっている大畑三等書記官のところにもっていくと、2、3カ月後にストックホルムの私の銀行口座に５００万円相当のスウェーデン・クローネが入金されるのです。

アフリカや中東の外交官から得たルーブルで、日本大使館員は生活しているのです。問題は、アフリカや中東の外交官がこのルーブルをどこで手に入れたかです。それから、外国人がドルや円で両替する場合、銀行が渡すお札は、25ルーブル札までです。通常、市場に流通していない緑色の50ルーブル札、こげ茶色の１００ルーブル札で、アフリカや中東の外交官は日本の外交官から車を買います。

加藤一等書記官ならば、事情を知っていると思って聞くと、

「田崎さん、この問題にはクビを突っ込まないほうがいい。ロシアでは、『口の軽い者は、命も軽い』ということわざがあることを忘れてはいけない」

と強い口調で言われました。

そのことを大畑三等書記官に話すと、「アフリカや中東の親ソ派諸国の大使館に、KGBはルーブル札を大量に与えている。連中はそのルーブルで、こっちの大使館員から車を買っている。日本大使館はKGBとマフィアのシンジケートに完全に組み込まれている。そして、こういう汚い仕事はいつもノンキャリの俺たちに振られてくる」と言いました。

家庭教師をきちんとしながら、秋月さんとの週2、3回のセックスも欠かさず、月平均、50万円の貯金をしながら、私のモスクワ生活は淡々と進んでいきました。

13

ある日、ソ連科学アカデミー幹部会のレセプションに秋月公使と一緒に出かけたときに、ニコライ・イワノフ（仮名）という45歳くらいの博士と知り合いました、もともとはロシア思想史を専攻したが、いまは社会学を研究し、ソ連共産党中央委員会にもときどき呼ばれているということでした。

ニコライの愛称はコーリャなので、これからコーリャと呼びます。コーリャは私から日本でのロシア文学研究の話を聞いてとても関心をもちました。秋月公使も中央委員会と関係のある学者と人脈ができてとても喜んでいました。ときどき3人で、レストランで食事をするようになりましたが、コーリャはとても面白い話をします。

例えば、北方領土問題についてです。

「秋月公使、ゆかりさん、クリル（北方領土）問題を解決したいという気持ちはソ連も本気でもっています。しかし、日本が言うような四島返還は不可能です。ソ連は戦勝国です。

日本の要求をそのまま呑むことはできません。ただし、解決する方法はあると思います。ここでは、新たな、独創的で、型にはまらないアプローチが必要とされます」

「新たな、独創的で、型にはまらないアプローチ」とは具体的にどういうことですか、と秋月さんが尋ねました。

コーリャは「例えば、歯舞《はぼまい》群島、色丹《しこたん》島、国後《くなしり》島、択捉《えとろふ》島の総面積をソ日両国で二等分にすることです。そうすれば、日本側は歯舞群島、色丹島、国後島の三島と択捉島の25パーセントを確保することができます。四島を日本が獲得したと強弁することができるソ連は択捉島の軍港と空軍基地を維持できる」と言いました。

秋月公使は「そんなことは可能ですか」と尋ねました。

コーリャは、「ソ連側から言うことはできませんが、日本の内閣総理大臣がイニシアティブを発揮すれば、クレムリンは関心を示します。重要なことは、返還された北方領土にアメリカ軍が来ないことです。日米安保条約の適用除外地域をつくることが重要です。これが日本の自主外交の第一歩になります」と言った。

秋月さんも私も、コーリャの話をとても面白いと思いました。

加藤勝一等書記官、大畑三等書記官と一緒に、アゼルバイジャン料理の専門店「バクー」で話をしていたときです。この店は、羊の串焼きと焼き飯がおいしいので、加藤さんが愛用していました。北方領土問題の話が出たときに、面積二分割論の話を何気なしに私はしました。一瞬、加藤一等書記官の目が猛禽類のようになりました。

「田崎さん、どこでその話を聞きましたか」

他の大使館員は私のことをゆかりちゃんとか、ゆかりさんと呼ぶのですが、加藤さんだけは、いつも「田崎さん」と呼びます。女性と近づくことを恐れているから、そういう呼び方をするのだと思います。私はコーリャが秋月公使と私に話した内容を繰り返しました。

加藤さんは、「そうか」と言って、このテーマには関心がないようで、最近、モスクワで流行っている「雪の上のリンゴ」というポピュラーソングの話になりました。

ただ、レストランを出るときに耳許で「困ったことがあっても、コーリャに助けてもらったらダメだよ。借りをつくると、とても恐ろしいことになる」と囁かれました。

実は、私は一度、コーリャの家に遊びに行ったときに、はずみでセックスをしてしまったことがあるのです。この話は、いまの私の夫がやきもち焼きなので、もし皆さんに話したことが夫の耳に入ると怖いので黙っていることにします。

ただ、ひと言だけ言っておきたいのは、ロシアでは性教育が普及していないので、ロシア人の男はセックスが下手だという都市伝説がありますが、それは嘘です。コーリャのテクニックは秋月さん以上でした。それだから私は深入りをしてはいけないと思い、2回目に誘われたときは断ったのです。コーリャは無理矢理襲いかかるようなことはしませんでした。地獄耳の加藤一等書記官に私たちの関係が知られたのではないかと思い、一瞬、ドキッとしましたが、どうもそうではなかったようでした。

14

あの忌《い》まわしい事件が起こったのは、私が赴任してから2年半後の2月のことでした。私と秋月公使は、クレムリン横の「ナツィオナーリ・ホテル」2階の「ヨーロッパ・レストラン」で食事をとり、家に帰る途中のことでした。秋月公使は、ショットグラスに5、

6杯ウオトカを飲みました。私は、赤ワインの「キンズマラウリ」をグラスに2杯ほど飲みました。2人ともそんなに酔っていませんでした。秋月公使はいつものように、メルセデス500Sクラスに私を乗せて帰宅しようとしました。ソ連の法律では、酒気帯び運転は厳禁です。酒気帯び運転で人身事故を起こせば、強制収容所に送られます。外交官は酒気帯び運転を大目に見られていましたが、外交特権があるだけに、人身事故を起こすと外交問題になります。

レーニン大通りに沿ってガガーリン広場を過ぎたところで、突然、目の前に男が飛び出してきました。スピードがかなり出ていたので、急ブレーキを踏みましたが間に合いません。私たちの車は男をはねたあと、2、3回スピンして止まりました。男は身動きもしません。雪の上に、どす黒く見える血が流れています。とにかく、救急車を呼ばなくてはなりません。秋月公使は茫然自失の状態です。

私がガガーリン広場の手前にあるカフェのビルに設置された公衆電話のほうに向かって歩いていると、パトカーが6台やってきました。

秋月公使が10人くらいの民警に囲まれています。私が秋月さんのそばに行くと、「君が同乗していたね。証人として署まで来てもらう」と民警に言われました。民警は秋月さんに手錠をかけました。秋月さんが「外交官に手錠をかけるとは何事だ。ウィーン条約違反だ」と抗議すると、「愛人を同乗させて飲酒運転をして人をひき殺した奴には、外交特権なんかないよ」とニタニタ笑いながら言います。

車は30分ほど走って、プーシキン広場裏の警察署に横付けされました。秋月さんは手錠をかけられたまま、留置所に入れられてしまいました。私は留置所には入れられず、取調室のようなところに連れて行かれました。当惑と悲しさで、私は泣きだしてしまいました。

取調室で1時間くらい待たされたと思います。身長155センチくらいで小太りの、度の強い眼鏡をかけた50歳くらいの中年女性がやってきました。検察官だと言います。

そして、秋月さんとの関係について知りたいと言って、「秋月さんから、カネをいくらもらっているか」、「あなたたちは週平均何回セックスをしているか」、「自動車を売却したときのルーブルを、外国に持ち出したことはないか」などと質問をしてきます。どうやら、私と秋月さんの関係について、検察官はよく知っているようでした。

事実、女性検察官は「あなたについては、あなた以上に知っていますよ。だから正直に答えてください」と言いました。

私は怖くなって、ただ泣いてばかりいました。しばらくすると、取調室に秋月さんも連れられてきました。相当泣いたのでしょうか。目が腫《は》れて、真っ赤になっています。「どうしたらいいだろう」と途方に暮れています。

そのとき、コーリャのことを思い出しました。セックスをしたときに、「困ったことがあれば、僕が中央委員会の友だちに話をする」と言っていました。手帳にはコーリャの緊急電話の番号が書いてあります。

私が電話をしたいと言うと、民警は「取り調べが終わるまではダメだ」と言って許してくれません。私がコーリャに電話をしたいと言って、「206－×××」という緊急電話の番号を伝えました。「206」という局番を聞いた途端、民警の顔が引きつりました。あとで加藤一等書記官に聞いたのですが、206という局番は、共産党中央委員会の幹部職員とKGBの幹部職員しかもっていない局番だそうです。私はそのことには気づきませんでした。

民警が電話を貸してくれたので、ダイヤルを回しました。夜遅い時間なのに、コーリャは職場で残業していたようです。私が事情を話し始めると、コーリャは「ゆかり、電話では何も話さないでいい。すぐに飛んでいくから、署長と替わってくれ」と言いました。そのことを民警に伝えると、「深夜なので署長はいませんが、当直の署長代理を呼んできます」と言いました。署長代理は、電話で短時間、話をしていましたが、最後に、

「ダース。パニャートナ。タワリシ・パルコーブニク」

と言って受話器を置きました。直訳すると、

「はい。わかりました。大佐同志」

ということになます。普通、「はい」は、ロシア語で「ダー」と言いますが、軍隊用語ではその後に「ス」をつけるので、「ダース」となります。

コーリャは科学アカデミーの上級研究員なのに、何で「大佐同志」と呼ぶのか、私にはよくわかりませんでした。

30分ほどでコーリャがやってきました。それから10分程して署長がやってきました。

「署長、どういうことだ、外交官を拘束するとは。ウィーン条約違反でたいへんな問題になるぞ」

さらに、コーリャは日本語でこう言いました。

「ゆかりさん、秋月さんの財布からドル札が抜き取られていると言って騒ぎなさい。秋月さんにすぐに伝えなさい」

私は一瞬、耳を疑いました。コーリャが日本語を話すなんて、まったく知りませんでした。コーリャの家に行ったときも、日本語の本は1冊もありませんでした。

秋月さんの財布は、民警に押収されていました。秋月公使が「財布を返してください」と言うと、署長が奥に行って財布をもってきました。コーリャがロシア語で、「財布を開けてみろ」と署長に言いました。開いてみると、1ルーブル札と3ルーブル札が数枚入っているだけで、10ルーブル以上の高額紙幣と、米ドルがすべて抜き取られています。そのことを秋月公使は指摘しました。

コーリャは強い口調で、「民警が外交官のカネを盗んだということになったら、共産党中央委員会でも看過できなくなる」と言いました。コーリャは学者なのに迫力があります。署長をはじめ民警は、コーリャの凄みの前で震え上がっていました。

コーリャは、「秋月さんとゆかりさんは、もう帰ってもいいです。あとは私が片付けます」と言いました。

その日は怖くて眠れませんでした。秋月公使も同じ気持ちだったようで、家にはまっすぐ帰らず私の部屋に寄っていきました。2人で裸になって抱き合いました。私はとてもセックスをしたかったのですが、手で触っても、フェラチオをしても、秋月さんの分身は萎《な》えたままです。結局、明け方の4時頃に秋月公使は私の部屋を出て、徒歩2分のところにある自宅に帰りました。


この事件があってから、3日後にコーリャから秋月公使に連絡がありました。私たち2人をソ連共産党中央委員会のレストランに招待したいということでした。

そのレストランは、モスクワ川からそう遠くないレーニン大通りに面した14階建ての煉瓦色のホテルの中にありました。建物全体が5メートルの高い柵で囲われていて、出入口には民警の詰め所があり、カラシニコフ銃をもった兵士が警備をしています。「ソ連共産党中央委員会総務部付属オクチャブリ（10月）第2ホテル」という「ノメンクラトゥーラ（特権階層）」用の施設です。

秋月公使が車の窓を開けて、詰め所の民警に「ニコライ・イワノフ博士に招待されています」と言うと、ホテルの鉄扉が開きました。民警が「車はこの辺に停めて、あとは徒歩でホテルまで行ってください」と言いました。

ホテルの玄関でコーリャが待っていました。秋月公使と私は「この前はたいへんお世話になりました」と言うと、コーリャは「お礼を言われるようなことは何もしていません」と言いました。2階のレストランには、ロシア料理のフルコースが出ていますが、秋月さんも私も食欲がまったくありません。私はキャビアを少しだけとって、黒パンにのせて食べました。コーリャはおいしそうにチョウザメの薫製やペリメニ（シベリア風水餃子）を食べて、ウオトカを飲んでいます。

秋月公使が、「私がはねた男性はどうなりましたか」と尋ねました。

コーリャは「死にました。即死でした」と事務的に答えました。そしてこう続けました。「日本の交通法規と違って、ソ連には前方不注意はありません。酔っ払って、飛び出してきたあの男が悪いのです。秋月さんは被害者、あの男は加害者です」

思わず私は、「しかし、私と秋月さんもお酒を飲んでいました」と言いました。

コーリャは、

「そんな話ははじめて聞きました。秋月さんはアルコール検査を受けていません。だから証拠はありません。民警は、飛び出してきた男があまりにアルコール臭かったので、秋月さんがお酒を飲んでいると勘違いしたのでしょう。今回はゆかりさんがいいタイミングで電話をしてくれたので、大丈夫でした。あの検察官の婆さんが、調書をつくったあとだったら、面倒なことになりました」

と言いました。

何か変な感じがしましたが、大きな事件にならずにほっとしました。

私は、コーリャに「日本語で話したのでびっくりしました。どこで日本語を学んだのですか」と尋ねました。

「以前、お話ししませんでしたか。私は若い頃、東洋学研究所で朝鮮語と日本語を勉強しました。北朝鮮の平壌外国語大学に留学したときに第二語学として日本語を勉強しましたが、もうほとんど忘れました」

と少し朝鮮訛《なま》りがある日本語で答えました。私がコーリャからこの話を聞いたのは、初めてのことです。普通、日本語を学んだことがあるならば、その話題を初めて会ったときにするはずなのに、と不思議に思いました。

最後に、コーリャは「私たちはこれでほんとうの友だちになりました」と言いました。

確かに、それからコーリャは共産党中央委員会の職員や、科学アカデミーの学者をたくさん紹介してくれました。大使館内でも、秋月公使はよい情報を取ってくると評判が高まってきました。

あるとき、ロモノソフスキー通りの二流ホテル「ウニベルシテート（大学）」のレストランで会おうという約束になっていました。コーリャは時間に遅れないほうですが、そのときは30分も遅れてきました。何か落ち着きがありません。

コーリャから日本語の勉強をしたいと言われ、私は新聞の切り抜きをつくって会う度に渡していました。秋月さんと一緒に会うときもあれば、私1人で会うこともあります。コーリャは、「どうせ勉強するならば、北方領土問題について勉強したいので、新聞の切り抜きをつくって、その新聞をどう読んだらよいかというコメントをロシア語で書いて欲しい」と言います。私はロシア語の勉強になるのでいいことだと思って、この宿題をこなしてきました。

「追加的な仕事で迷惑をかけて済まない」と言って、コーリャはときどきアルバイト料をくれます。封筒に、いつも紫色の25ルーブル札で300ルーブルが入っています。今日のコーリャは何かそわそわしているようで、「急用ができたので、挨拶だけをしに来ました。資料はいりません。私たちは友だちです。誰かが何かを言っても信じないでください」と言って出て行きました。

「ウニベルシテート・ホテル」から出るときに、ちょっと視線を感じました。マッチ箱のような形をしたソ連車「ラーダ4型」から、誰かが私を見ているような気がしました。多分、気のせいだったのでしょう。

このホテルからロモノソフスキー外交官専用住宅までは、歩いていくことができます。横断歩道を歩いているときに、日本大使館のライトバンとすれ違いました。運転席にワロージャがいました。

15

その日の夜遅く、大畑三等書記官から電話がありました。「明日の朝、できるだけ早い時間に加藤勝一等書記官が田崎さんに会いたいと言っています」という電話でした。「それでは、朝9時に大使館に行きます」と私は答えました。大畑さんは、「車ではなく、トロリーバスで大使館に来て欲しい」と言いました。

朝8時45分に住宅の前の停留所から34番のトロリーバスに乗って、キエフ駅で地下鉄に乗り換えようとしたときのことです。停留所でバスを降りて歩いていると、「田崎さん」と声をかけられました。振り向くと加藤一等書記官です。

「このまま歩きながら話をしましょう」と加藤さんは言いました。

「田崎さん、あなたは面倒なことに巻き込まれているようです。ソ連側の工作機関が、秋月さんに北方領土に関する奇妙な情報を吹き込んでいます。恐らくこの工作は失敗すると思う。そのときにあなたが巻き添えになるのはしのびない」

「どういうことですか」と私は尋ねました。

「北方領土問題についての日本の立場は知っていますよね」

「はい。北方四島即時一括返還ですよね」

「そう。ソ連の脅威に対抗するために、日本は四島即時一括返還の旗を高く掲げなくてはならない。いまゴルバチョフがソ連共産党書記長に就任して、ペレストロイカ路線を進めている。その隙を狙って、ソ連の反日ロビーが秋月公使を利用して、変化球を投げてきた。いや、謀略といったほうがいい。いつかあなたが僕に教えてくれた北方四島の面積二分割案です」

「何でこの案が謀略なんですか」

「日本はあの戦争でソ連から侵略された側です。ほんとうは、南樺太やウルップ島からシュムシュ島までの千島列島18島もソ連に取られる筋合いはない。ただ、日本は敗戦国で国際的立場が弱いので、これらの領土を1951年のサンフランシスコ平和条約2条c項で放棄してしまった。しかし、北方四島はわが国の固有の領土なので、放棄できません」

「わかります」

「それを面積の半分をソ連に渡すということになれば、日本の世論はどうなるでしょうか。特に右バネ（右翼）は」

「激しく反発すると思います」

「そう。その通りです。今度はソ連側の反応について考えてみましょう。1956年の日ソ共同宣言で、平和条約締結後の歯舞群島、色丹島の引き渡しを約束している」

「つまり、返還は二島までということですね」

「そうです。そこで、択捉島の25％と国後島を追加的に日本に引き渡すということになったらどうなるだろうか」

「反発します。とくにグラースノスチ（公開性＝言論の自由）で、ソ連のマスコミは沸き立っています。大きな反日キャンペーンが展開されるでしょうね」

「この案を作った『知恵者』の狙いは、まさにそこにあるのです。一見、譲歩案のように見えながら、双方のナショナリズムを刺激し、日ソ間の関係悪化を図るという謀略と僕は見ています」

　確かに、加藤一等書記官の言うことは理屈が通っていると思いました。

「しかし、こんな謀略に日本政府が乗るでしょうか」

「普段ならば乗らないでしょう。しかし、現在、浅田政権（仮名）の支持率は10パーセント前後です。検察の国策捜査で、野党党首を逮捕して支持率を上げようとしているが、それで期待できるのは2、3パーセントでしょう。そこで、浅田総理自身が北方領土面積二分割論に乗ろうとしているのです。ソ連側は、真面目に交渉することを考えていない。この案が外交交渉の俎上にのぼれば、直《ただ》ちに内容がリークされ、反日キャンペーンが始まります。秋月公使はこの案がうまくいけば、欧亜局長になり、外務事務次官になる可能性が開けると思い、一生懸命です。江ノ島大使は、これで大使は3つ目で、2年後に外務省を退職するが、最高裁判所の裁判官になりたいと思っています」

「でも、江ノ島大使は司法試験に合格していないじゃないですか」

「それは大丈夫です。外務官僚には最高裁判所裁判官の指定席が1つあります。無免許でも裁判官になれるんです」

「秋月さんや江ノ島大使は、国益についてどう考えているんですか」

「あいつらに国益を求めるのは、八百屋で魚をくれと言うようなものだ。自分の出世と蓄財だけで、国益なんか考えていません」

加藤一等書記官はそう言い切りました。

確かにそう言われればそうです。秋月さんとセックスをしたあとの寝物語でも、自分の能力が正当に評価されていないという上司への不満と蓄財の話ばかりでした。

「この状況で、私にできることはなんでしょうか」

「田崎さんにしかできないことがあります。いま、敵の工作は最終段階に至っています」

ここまで述べたあと、加藤さんの口調が乱暴になりました。

「これから俺は秋月を脅《おど》しあげる。不正蓄財の具体的証拠を5、6個握っているので、それを週刊誌に落とすと言えば、震え上がるだろう。それに以前、モスクワに勤務したとき、ロシア娘を孕《はら》ませて、大変なトラブルを起こしたことがある。その辺の情報も使って揺さぶってみる。それで、コーリャから連絡があっても接触をするなと言う。秋月は小心者なので、俺の言うことを聞くはずだ。最終段階でエージェント（協力者）を失いかければ、コーリャも必死で秋月との関係を修復しようとする。コーリャは君のことを信頼している。だから君にアプローチしてくる。そうしたら、日時を指定して君の部屋におびき寄せて欲しいんだ。君にやってもらうことはそこまでだ。あとは俺たちのチームで引き受ける」

そういえば、以前、大畑三等書記官から、大使館には「加藤チーム」というインテリジェンスに従事する恐ろしい人たちがいる、という話を聞いたことがあります。単なる噂話と思っていたのですが、事実でした。


その晩、秋月さんが私の部屋に訪ねて来ました。そして、「加藤と今日、会ったか」と聞かれました。私は、「会いました」と答えました。

「君は加藤の言うことを信じるか」

「……」

「僕と加藤のどちらを信じるか。僕は加藤に脅されている。あいつの目を見たか。平気で人を殺す男の目だ」

「西郷特命全権公使か江ノ島大使に相談すればいいじゃないですか。部下に対して何を怯《おび》えているんですか」

「西郷は加藤と一体だ。僕を潰《つぶ》そうとしている。西郷は体調不良ということで、今日、急遠、東京に向かったが、北方領土面積二分割案を与党の有力政治家と右翼関係者に仕掛けて潰すつもりだ。江ノ島は根性なしだ。それにあの鼠のような女房の尻に敷かれている。事なかれ主義だ」

「それで、秋月さんは今後もコーリャと会うのですか」

「会うはずなんかないじゃないか。そんなことしたら加藤に何をされるかわからない。ゆかりもコーリャとは会わないほうがいい」

「誰と会うか会わないかは、私自身が決めます。もう帰ってください」

「わかった。ゆかりちゃん、これからも僕と会ってくれるよね」

「とにかく、いまは1人にしてください。帰ってください」

私は秋月さんに襲われるかと思い、少し身構えました。しかし、それは杞憂《きゆう》に終わり、秋月さんは肩を落として、私の部屋から出て行きました。

16

コーリャからの電話はありません。その代わり、私の周辺で奇妙なことが続けて起きました。私の部屋にはネコの写真が2枚掛かっていますが、外出から帰ってくるとその位置が逆になっているのです。それから、風呂場に掛けておいたタオルが、椅子の背もたれに掛けてありました。加藤一等書記官に相談すると、「そろそろ始まったな。次は冷蔵庫のコンセントが抜かれたり、タイヤがパンクするような実害のあるシグナルが送られてくるよ」と言います。

「どうしてシグナルを受けなくてはならないのですか」

「敵が、秋月がコーリャとの接触を断ったのは田崎さんの影響だ、と思っているからだよ。あいつらは、この前、僕と田崎さんが歩きながら話をしていたことに気づいている。歩きながらなので話の内容を聴き取ったり、録音することはできなかったが、その日から秋月との連絡が一切取れなくなっているので、あなたが一枚嚙んでいると思っている」

「迷惑な話です」

「一面の真理はあるので、仕方ない。シグナルが一段階進んだところで、コーリャに電話をして、『怖いから相談に乗ってくれ』と言えばよい。そうしてコーリャを君の家におびき寄せろ」

　この話をした3日後に、私のBMWのエンブレムが盗まれ、また、ドアがこじ開けられ、ステレオが盗まれました。

「車は車両保険と盗難保険に入っていたの?」と加藤一等書記官が尋ねました。私は「はい」と答えました。「それじゃ、金目《かねめ》の話は派遣員の吉本君に頼めばいい」と言いました。そう言えば、加藤さんは吉本君を信頼しているようです。国会議員や新聞記者のアテンドも、加藤さんは吉本君に任せることがよくあります。

「さて、田崎選手、出番です。コーリャに公衆電話から電話をして、写真やタオル、そして車の話をして、『何のシグナルか教えて欲しい』と半泣きで聞くといい。向こうが『相談に乗る』と言ったら、『明日の午後8時にうちに来て欲しい』と答えてください。重要なのは、公衆電話から電話をすることです」

と加藤さんは言いました。

私は「はい」と答えました。

加藤さんに言われたとおり、コーリャに電話をしました。コーリャは「今すぐに行く」と言いましたが、私は加藤一等書記官に指示された通り、「明日の午後8時にうちに来て欲しい」と言いました。コーリャは「喜んで」と答えました。


その晩はよく眠れず、翌日も秋月さんの娘に家庭教師をしていても上の空でした。娘からは、「田崎先生、熱があるんじゃありませんか」と言われました。

午後8時になりました。居間では、加藤勝一等書記官が待っています。時間ぴったりに呼び鈴《りん》が鳴りました。扉を開けるとコーリャでした。私は「どうぞ」と言って、居間にコーリャを案内しました。コーリャと加藤さんの目が合いました。2人が手を開いて近づいてゆきます。これから取っ組み合いの喧嘩になると思いました。

しかし、そうではありませんでした。2人は抱き合って。右頰、左頰、そして唇にキスをしました。ロシア人男性の友人間の挨拶です。

コーリャが加藤さんに、「ミーシャ。背後は君だと思っていた。やはりそうだ」と言いました。

「サーシャ、久しぶり。もう15年になるか」

「そうだね。1969年のダマンスキー（珍宝）島での中ソ国境紛争以来だね。あのときは寒かったなあ」

どうもコーリャというのは偽名で、サーシャ（アレクサンドル）が本名のようです。

あとで加藤さんから聞きましたが、「ミーシャ」というのは加藤さんがイギリスの陸軍語学学校でロシア語を勉強したときのコードネーム（偽名）だそうです。以前、加藤さんが中央アジア人を偽装して工作活動をしていたときに、ミハイル（愛称はミーシャ）という偽名を使っていたそうです。

「サーシャ、だいぶ乱暴な工作だな。君らしくない。誰が考え出したんだ」

「当ててごらん、ミーシャ」

「ワシレンコ・ソ連共産党中央委員会国際部日本課長（仮名）あたりか」

「御明察」

ワシレンコは、シベリアの捕虜収容所長をつとめ、ソ連の対日工作を主導した悪の権化のような人物です。

「サーシャ、君たちPGU（ペー・ゲー・ウー）はリエゾン（連絡係）に徹したほうがいいぜ。こんな乱暴な工作をしているようじゃ、コリント（諜報協力）ができなくなる。中国のほうがずっと大きな脅威ではないか」

私は加藤さんが言うPGUの意味がわからないので、ロシア語で尋ねました。2人は顔を見合わせて笑いました。

「ミーシャ、なんでこんなド素人のお嬢さんをゲームに巻き込むんだ。PGUとは国家保安委員会（KGB）第一総局のことです」

「田崎さん、対外インテリジェンスを担当する部局です。KGBのエリートが集まったところです」

その後、加藤さんはアタッシェケースからウオトカを取り出し、2つのコップに200ccずつ注いで、片方をコーリャことサーシャに渡し、一気に飲み干しました。

「ミーシャ、細かいことは聞かないが、いつ気づいた」

「僕たちは気づかなかった。あいつらが教えてくれた」

「ナティーフか」

「サーシャ、あいかわらず勘がいいな」

またわからない言葉が出てきたので、「ナティーフとは何ですか」と聞いてみました。加藤さんは笑いながら「ヘブライ語で〝道〟という意味で、ソ連国内にユダヤ人のネットワークをつくっているイスラエルの秘密組織だ」と説明しました。

「ゆかりさん、この業界で加藤さんは、〝シオニスト（イスラエルへの帰還を望むユダヤ人）の友〟と呼ばれています」

どうもモスクワのユダヤ人ネットワークが、加藤さんにソ連側の工作について伝えていたようです。

コーリャことサーシャは、30分ほど加藤さんと話をしたあと、部屋を出て行きました。そして、「ゆかりさん、できるだけ早くモスクワを離れなさい。荷物はあとから加藤さんが日本に送ってくれます。もう会うことはないけれど、お元気で」と言いました。

加藤さんは、私を連れて西郷茂特命全権公使のところに行きました。そして、「この子はマフィアとトラブルを起こしました。一刻も早くモスクワから外に出したほうがいい」

と言いました。そして、私を外して、2人で何か相談をしていました。

「田崎さん、これから家に帰ってパスポートをとって、スーツケースにとりあえず必要な荷を詰めて。朝4時発のトルコ航空のイスタンブール行きの便がある。それでイスタンブールまで行って、あとはそこからヨーロッパでも少し旅行して、東京に帰ればいい。田崎さんのBMWは、僕がきちんとした値段で買う。カネは来月、日本円で君の東京の口座に振り込む。空港までは吉本君が送ってくれる。吉本君は、昔、外務省の主任分析官をつとめた佐藤優さんの薫陶を受けている。専門はソ連のユダヤ人問題で、ここでは派遣員をやりながら、反体制派との接触をしている。それから運転手はワロージャにする。ワロージャはナティーフのメンバーだ。もちろんユダヤ人だ。イスタンブールで困ったことがあれば、この番号に電話して、あなたの名前を言いなさい。そうすれば力になってくれる」

と加藤さんは言いました。そして、厚い封筒を出して、「はい、逃亡資金」と言って渡してくれました。そこには2万ドルが入っていました。

私は無事、イスタンブールに抜け出し、加藤さんの助言どおり、ヨーロッパを2週間ほど観光し、帰国しました。

日本に帰ると、スパイ容疑でソ連と日本の外交官の相互追放が行われた、という話を聞きました。あわてて、近所の図書館に行って新聞を見ると、1面に秋月公使の顔写真が大きく出ていました。

あとがき

外交は人である。外交官がしっかりしていなくては、国益を毅然と擁護し、増進する外交はできない。現役外交官時代にも筆者は人材育成のためにかなり精力を傾注した。しかし、筆者が育てた人材が２００２年の鈴木宗男事件に際してパージされ、ロシアやインテリジェンスの現場から外されている。有能な人材を活用しないことで、国益が大きく毀損されている。

現下、外務省の能力低下、腐敗、無気力、不作為体質は想像を絶するような状態にある。しかし、それをノンフィクションの形態で書くとセクハラやパワハラの被害者に追加的な負担をかけることになってしまう。また、ノンフィクションの形態でハレンチ事案について記すと、その事実が政治家の権力闘争、高級官僚の人事抗争に利用される。それは筆者った。

の本意ではない。

いろいろ考えた結果、「官能小説」という形態をとると、外務省の問題にいままでとは違った切り口から焦点をあてることができるのではないかという、とりあえずの結論に至った。

そこで、筆者が『週刊アサヒ芸能』（徳間書店）にもつ連載コラム「ニッポン有事！」に、2つの物語を書いてみた。読者から大きな反響があった。第1章「金田金造先生の夜のモスクワ大冒険」、第2章「首席事務官はヘンタイです」は連載に大幅に加筆したものである。第3章「家事補助員は見た」は、書き下ろしだ。

本書は官能小説であるとともに、外務省やインテリジェンス（諜報）、ロシア事情、北方領土交渉などについての知識を得ることができる「ビルドゥングス・ロマーン（教養小説）」でもある。筆者の作家としての仕事は、国際関係、政治、思想、キリスト教神学に関するものが多いので堅苦しい人物と勘違いされているが、そうではない。自分の殻を破りたいと思い、本書に取り組んでみた。それと同時に本書の刊行を機に、外務省の内側から変化が生じることを望む。

末筆になりますが、本書は『アサヒ芸能』の加々見正史副編集長の伴走がなければできませんでした。この場を借りて感謝申し上げます。

２００９年３月14日　東京・曙橋の自宅にて

佐藤　優（さとう・まさる）
1960年生まれ。起訴休職中外交官にして作家。02年、背任容疑で逮捕後、懲役2年6月・執行猶予4年の有罪判決。現在、上告中。著書に「国家の罠」（毎日出版文化賞特別賞）、「自壊する帝国」（大宅壮一ノンフィクション賞）、「交渉術」、「テロリズムの罠」など。「週刊アサヒ芸能」の名物連載「ニッポン有事！」のほか、雑誌連載も多数。

外務省ハレンチ物語

二〇〇九年三月三一日　第一刷

著者　佐藤　優
発行者　岩渕　徹
発行所　株式会社徳間書店
〒一〇五-八〇五五　東京都港区芝大門二-二-一
電話　編集　〇三-五四〇三-四三三二
　　　販売　〇四八-四五一-五九六〇
振替　〇〇一四〇-〇-四四三九二
印刷所　本郷印刷株式会社
カバー印刷所　真生印刷株式会社
製本所　ナショナル製本協同組合

〈編集担当・加々見正史　堀口健次〉

ISBN978-4-19-862708-9